U0001407

人間失格

にんげんしっかく

太宰治

吳季倫——譯

文豪書齋 102

人間失格

獨家收錄【太宰治的三個女人】彩頁專欄及【生前最後發表私小說〈櫻桃〉】，一次讀懂大文豪的感情與創作祕辛

作　　者　太宰治
譯　　者　吳季倫

野人文化股份有限公司
社　　長　張瑩瑩
總 編 輯　蔡麗真
責任編輯　鄭淑慧
特輯協力　范綱燊 Eason Fan
專業校對　魏秋綢
行銷企劃　林麗紅
封面設計　楊啟巽
內頁排版　洪素貞

出　　版　野人文化股份有限公司
發　　行　遠足文化事業股份有限公司（讀書共和國出版集團）
地址：231新北市新店區民權路108-2號9樓
電話：（02）2218-1417 傳真：（02）8667-1065
電子信箱：service@bookrep.com.tw
網址：www.bookrep.com.tw
郵撥帳號：19504465遠足文化事業股份有限公司
客服專線：0800-221-029
法律顧問　華洋法律事務所　蘇文生律師
印　　製　呈靖彩藝有限公司
初版首刷　2015年09月　　二版首刷　2016年08月
三版首刷　2019年11月　　四版七刷　2023年08月

歡迎團體訂購，另有優惠，請洽業務部（02）22181417分機1124

國家圖書館出版品預行編目（CIP）資料

人間失格：獨家收錄(太宰治的三個女人)彩頁專欄及(生前最後發表私小說<櫻桃>),一次讀懂大文豪的感情與創作祕辛 / 太宰治著 ; 吳季倫譯. -- 四版. -- 新北市：野人文化股份有限公司出版：遠足文化事業股份有限公司發行, 2021.04
面；　公分. -- (文豪書齋；102)
ISBN 978-986-384-501-0(平裝)

861.57　　110004334

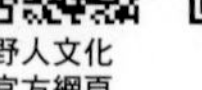
野人文化
官方網頁

野人文化
讀者回函

人間失格
線上讀者回函專用QR CODE，你的寶貴意見，將是我們進步的最大動力。

《人間失格》&太宰治的三個女人、三鷹文學之旅特輯

日本文學史上最具影響力的著作

——太宰治闡述人生的自傳式作品

——《人間失格》各式媒體改編

太宰治的三個女人

——賢妻津島美知子

——女弟子兼情婦太田靜子

——共赴黃泉的致命之女山崎富榮

三鷹文學之旅

——三鷹觀光案內所

——JR三鷹站

——三鷹站前郵局

——太宰橫丁

——玉川上水

——玉鹿石

——太宰治文學沙龍

——太宰治舊居

——太宰墓與禪林寺

日本文學史上最具影響力的著作

一九四八年，《人間失格》首先以連載形式在《展望》雜誌上發表，同年五月十二日完結。六月十三日，作者即與他的情婦山崎富榮一起投玉川上水自殺，得年三十九歲。

太宰治闡述人生的自傳式作品

《人間失格》發表至今，這部作者以自身經歷探討親情、愛情與社會疏離的故事，無論在哪個時代都能獲得廣大迴響，也因此多年來銷售量依舊名列前茅，也有許多以《人間失格》為靈感發表的作品不斷產生。

人間失格（角川文庫）

角川文庫於二〇〇七年改版，與新銳攝影師梅佳代合作封面後，年年多次再刷，熱銷程度連許多現代知名作家也望塵莫及。

根據二〇一四年七月三十一日朝日新聞統計，新潮文庫版《人間失格》累積銷售量為六百七十萬五千本，穩座新潮文庫史上銷售前三名的地位。

人間失格各式媒體改編——

《人間失格》這部傳奇名著，光是新潮文庫所發行的版本，累計發行本數就突破了六百七十萬本，數十年來，與夏目漱石的《心》一直爭奪累計銷售冠軍的寶座。

除了各出版社不斷重新發行文本外，《人間失格》也被改編成各種媒體，像是漫畫、電影、廣播劇與動畫，而且改編者幾乎都是地位崇高或重量級的大師。除此之外，還有許多文學與漫畫作品也深受《人間失格》影響，足見其對日本文化的深遠影響。

二〇一九年，為紀念太宰治一一〇週年生誕，日本推出同名電影《人間失格》。內容並非改編自小說《人間失格》，而是講述太宰治與其人生中最重要的三名女子的故事。電影由色彩風格強烈的日本知名攝影師蜷川實花執導，小栗旬演出太宰治，宮澤理惠、澤尻英龍華、二階堂富美分別扮演太宰治的正妻、女弟子兼情婦、一起投河自盡的女子，豪華的演出陣容，精彩演繹日本無賴派作家太宰治傳奇的一生。

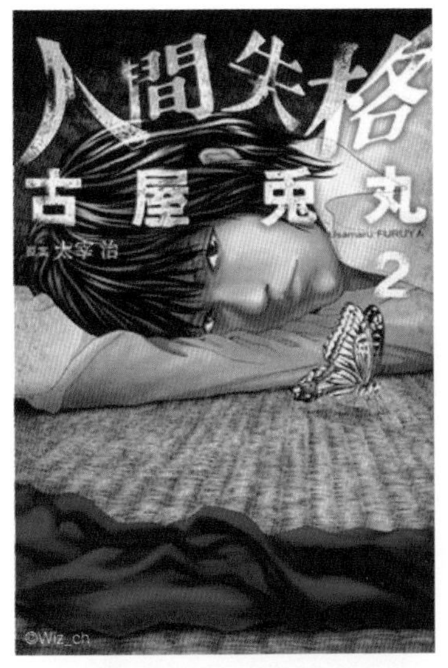

以後現代、情色風格、細膩、用色大膽等特點聞名的知名漫畫家古屋兔丸，在二〇〇九年時受邀以《人間失格》為主題繪製新作品，雖然繪者將故事背景移至現代，但讀者一致認為這次改編版本非常貼近太宰治的風格。

日本East Press出版社從二〇〇七年開始陸續出版一系列經典名著改編漫畫，《人間失格》當然也不會缺席，此版本的特色為完全忠實呈現小説情節。（繁體中文版由木馬文化出版）

二〇〇九年，為了紀念太宰治一〇〇週年生誕，日本推出了《人間失格》電影版，導演與演員皆為一時之選，最後的成品也大受好評。

導演／荒戸源次郎

卡司／生田斗真、伊勢谷友介、森田剛、寺島忍、小池榮子二〇一〇年，著有知名作品《死亡筆記本》的漫畫家小畑健受邀將《人間失格》改編為動畫，除了充分融入繪者的風格外，並找來人氣巨星堺雅人擔任配音，一時間也造成了不小的話題。

太宰治的三個女人

年方二十的太宰治 ©Wikimedia Commons

一身才氣的太宰治，這一生總是與女人牽扯不休，時常捲入桃色糾紛，人生五次自殺中，三次是與情人殉情，即使結了婚，他身邊仍舊有許多女人來來去去，最終也與女人共赴黃泉。不過，這些女人也都成為他創作的養分，有許多創作都以這些女子為主角，成就了不少精彩的文學作品。

第一任妻子
小山初代

太宰治實質上的第一任妻子，有婚約但未正式成婚，後因與太宰治姻親通姦被發現，於是與太宰治兩人一同自殺未果後離婚，短篇〈Human Lost〉、〈東京八景〉等故事都以小山初代為女主角原型。

晚年的太宰治

第二任妻子
石原美知子

太宰治第二任，也是唯一正式成婚的妻子，曾為太宰治生下兩女一子。短篇〈親友交歡〉、〈春天的盜賊〉、〈女神〉等篇章都以她為第一人稱寫就。

在銀座擔任服務生，與太宰治殉情，但只有她一人身亡，太宰治還因此以幫助自殺罪被起訴。太宰治與田部的這段故事，成了太宰治寫作《小丑之花》的素材。

©Wikimedia Commons

第一位殉情女
田部志免子

在美容院工作，因朋友介紹而結識太宰治，當時太宰治已有妻子與情人。她是太宰治人生尾聲最親近的人，最後與太宰治綑綁在一起，一同投玉川上水殉情。

©Wikimedia Commons

殉情成功的第四者
山崎富榮

太宰治倒數第二任情人，以文采見長，並為他產下一女，即名作家太田治子。太宰治著名長篇小說《斜陽》即是以她的日記為靈感來源寫成的。

©Wikimedia Commons

女弟子兼情人
太田靜子

———— 妻子
- - - - 情人
········ 殉情

賢妻津島美知子——

溫婉端莊的神情，深邃的雙眸閃現一抹剛毅。太宰治的夫人津島美知子正是這麼一個外柔內剛的女子。美知子舊姓石原，明治四十五年（一九一二年）出生於島根縣。父親石原初太郎是來自山梨縣的地質學家，當時在島根縣擔任中學校長。之後，一家人隨著父親職務的調動，輾轉遷居各地，於大正十一年（一九二二年）那年，搬回父親的故鄉山梨縣甲府市。

昭和四年（一九二九年）美知子進入東京女子高等師範學校（今御茶水女子大學），兩年後父親初太郎過世，昭和八年（一九三三年）畢業後，同年八月於山梨縣立都留高等女學校擔任教師，除教授地理、歷史科目之外，還擔任宿舍的舍監。

昭和十二年（一九三七年），太宰治與出軌的第一任妻子小山初代分手。之後，親友們便積極地替太宰治尋找再婚的對象。隔年昭和十三年（一九三八年）七月，文壇中非常照顧太宰治的恩人井伏鱒二透過關係得知美知子的存在，便極力撮合兩人的婚事。

八月，美知子前往北海道旅行，在青森車站附近書店買了太宰治的《虛構的徬徨》。之後，又閱讀了太宰治贈送給她的文壇出道作《晚年》，以及文學雜誌《新潮》上刊載的〈姥捨〉。在為太宰治的文才傾倒的同時，也看到他身為藝術家的痛苦，日後在回憶錄《回想的太宰治》中，美知子描述了當時的感想——「這個人一直在啄傷自己。」一九月，太宰治和井伏鱒二一起拜訪美知子，這次的會面，算是兩人的相親。太宰治馬上決定跟美知子結婚。

隔年昭和十四年（一九三九年）一月，兩人在井伏鱒二東京的宅邸舉辦結婚儀式，之後便搬到三鷹市。婚後，太宰治的身心與創作進入穩定期，接連發表了〈富嶽百景〉、《越級申訴》、〈跑吧！梅洛斯〉、《女生徒》等作品，《女生徒》更得到當時文壇大家川端康成的好評。

兩人結婚時，太宰治曾寫信向媒人井伏鱒二發誓：「今後我若再次毀掉自己的婚姻，請您將我當成無可救藥的廢人，再也不要理我這個人。」美知子與太宰治育有兩女一子，但太宰治依舊深陷與太田靜子、

右／《回想的太宰治》（昭和五十三年，人文書院出版）
左／禪林寺的津島家墓

山崎富榮的外遇關係。昭和二十三年（一九四八年）六月十三日，太宰治與山崎富榮投玉川上水自盡。留給美知子的遺書中寫著：「美知，我最愛的人就是妳。」

面對丈夫太宰治的酗酒、複雜的男女關係、私生子等種種負面行為，美知子一直不離不棄。太宰治死後，她扛起養育三個子女的責任，同時有系統地整理了太宰治的稿件，擔任年譜整理、全集編輯以及解說的工作，讓太宰治的文學作品得以廣為流傳。現存的太宰治作品原稿，在美知子的精心整理下，得以妥善保存下來。美知子將這些文稿裝訂成冊，剪裁太宰治生前最愛的和服布料裝幀成封面。

昭和五十三年（一九七八年）太宰治過世三十年後，美知子出版了《回想的太宰治》（人文書院出版）一書，從兩人相識的經過開始，一字一句寫下她對太宰治的懷念。平成九年（一九九七年）二月，八十五歲的美知子離開人世。死後葬於太宰治長眠的三鷹市禪林寺津島家墓地。在二〇一九年版的電影《人間失格》中，代表美知子的花卉是菖蒲。

在還沒見到太宰治本人之前，
我早已為他的才華所傾倒。

——津島美知子

女弟子兼情婦太田靜子——

圓潤豐滿的臉龐，一雙彷彿在作夢般的大眼睛。「愛作夢的文學少女」是所有人見到太田靜子的第一印象。

太田靜子出生於滋賀縣，是當地執業醫師太田守的女兒，太田家是曾服侍過九州大名的御醫世家。家境富裕，自小養尊處優的她，曾被形容是「牛奶澆灌長大的花朵」。自愛知高等女學校畢業後，至東京實踐女學校家政科就讀。

昭和十三年（一九三八年）五月，父親太田守過世。同年十一月，靜子與弟弟太田武在東芝的同事計良長雄結婚，但夫妻感情不睦。隔年十一月靜子生下長女滿里子，孩子還沒滿月即夭折。昭和十五年（一九四〇年）二月，靜子離婚回到娘家。

靜子的弟弟太田通是太宰治的書迷，靜子讀了弟弟書架上《虛構的

大雄山莊舊照，二〇〇九年因為無名火燒毀

徬徨》。當時她一直認為長女的夭折是上天對自己不愛丈夫的懲罰，昭和十六年（一九四一年），她將內心的苦惱以日記風自白文體寫成文章寄給太宰治。接到太宰治的回信後，靜子與兩個女大學生一同拜訪太宰治位於三鷹的家。

之後在太宰治的主動挑逗下，靜子愛上有婦之夫。太宰治說要寫一部「紀念兩人戀情的最美的小說」，更是讓文學少女靜子為他傾倒。

昭和十八年（一九四三年）十一月，靜子與母親疏散到舅舅友人位於下曾我村的「大雄山莊」。之後太宰治為了躲避東京越來越頻繁的空襲，也接連疏散到甲府與津輕。靜子的母親在戰後不久因為肺結核過世。太宰治曾說過靜子的身體太弱，不適合寫小說，但她有寫作的才華，可以嘗試寫日記。於是靜子將自己與母親搬到大雄山莊後的生活點滴，以日記自白的方式記錄下來。自昭和二十一年九月起，太宰治與靜子以「中村貞子」（太宰）「小田靜夫」（靜子）的假名頻繁魚雁往返，靜子在信中對太宰治提出「我想要個孩子」，並透露自己將與母親的回憶寫成了日記。

昭和二十二年（一九四七年）一月，靜子拜訪太宰治位於三鷹的工作室。當太宰治提出：「我想要靜子的日記。」靜子回應：「只要你到下曾我村拜訪我，我就讓你看日記。」二月，太宰治到下曾我村拜訪靜子，並送了珍珠作為定情信物，在梅樹林環繞的大雄山莊逗留數天，靜子在此時懷上了太宰治的孩子。

太田靜子《斜陽日記》與女兒治子的《向著光明之處》

拿到靜子的日記後，太宰治開始小說《斜陽》的創作，三月底，太宰治再次到大雄山莊拜訪靜子，當靜子向太宰治說自己可能懷孕時，太宰治落寞地說：「這樣就不能跟靜子一起去死了。」之後，太宰治以懷孕中的妻子發現兩人的戀情動了胎氣為理由，要靜子暫時別跟自己聯絡。五月，靜子與弟弟太田通前往三鷹告知太宰治自己確定懷孕。此次見

太田靜子跟治子

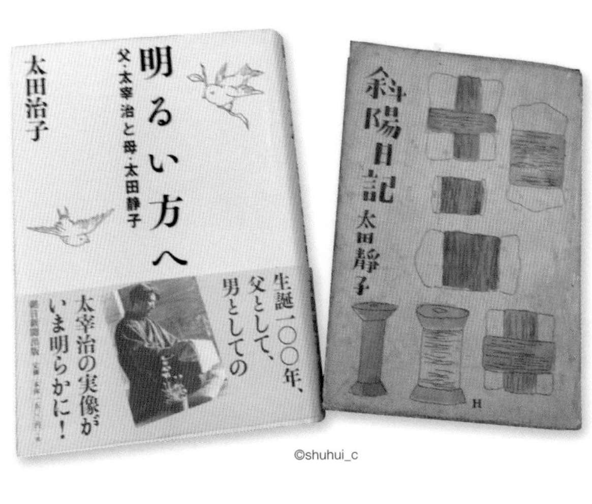

©shuhui_c

面，太宰治的態度極為冷淡疏離。隔天，太宰治為心碎的靜子畫了一幅她的肖像油畫送她，兩人就此分別。這是兩人最後一次的見面。

太宰治與山崎富榮投水自盡後，太田靜子撫養養兩人的女兒太田治子，並出版了《斜陽日記》、《憐我歌》。之後，嬌生慣養長大的她以幫人煮飯及宿舍管理員的工作維生，養大兩人的女兒治子，於六十九歲那年因肝癌過世。

二〇〇九年，太田治子出版了《向著光明之處：父親太宰治與母親太田靜子》（朝日新聞出版社），在書中梳理了父母相識、相戀的經過，書末，太田治子引用了靜子對太宰治的評語：「那個男人很正直、非常誠實。永遠都以真面目示人。我想，從古至今，應該很少有人像那個男人那般勇敢吧。就像耶穌直到被殺之前一直從容且忠實地面對自身的宿命，這樣的人應該是古今東西極其稀有的勇者！」在二〇一九年版的電影《人間失格》中，代表靜子的花卉是梅花。

比起不被愛的妻子，
我寧願當個被愛的小妾。
——太田靜子
©欣盈@ flickr

共赴黃泉的致命之女山崎富榮——

山崎富榮，與太宰治一起投水自殺的女子。照片中的她有挺直的鼻梁、薄脣、偏細長的眼睛，相貌秀麗。

富榮出生於東京，父親山崎晴弘是日本第一所美容學校「東京婦人美髮美容學校」（御茶水美容學校）的創辦者。富榮自小在父親美容技術的菁英教育下長大。高等女學校畢業之後，她在YMCA學習聖經、英語和話劇。同時還以旁聽生的身分到慶應義塾大學聽講，和兄嫂山崎蔦在銀座二丁目經營奧林匹亞美容院。

昭和十九年（一九四四年）十二月，富榮與三井物產員工奧名修一結婚，新婚僅十多天，奧名修一就被外派到三井物產位於馬尼拉的分公司。之後在當地被日本政府徵召，參加在馬尼拉的戰爭，就此生死不明。

昭和二十年（一九四五年）三月，奧林匹亞美容院與御茶水的美容學校在空襲中燒毀。富榮與雙親疏散到滋賀縣神崎郡八日市町。昭和二十一年（一九四六年）春，富榮和兄嫂山崎蔦、御茶水美容學校的畢業生在鎌倉市長谷開設了美容院。同年十一月，她遷居到三鷹，在御茶水美容學校畢業生塚本咲經營的三鷹美容院工作，晚上在進駐軍專用酒吧內的美容室兼職。

被太宰治稱為「女太宰」的女子——

昭和二十二年（一九四七年）三月二十七日，富榮結識了太宰治。即使當時富榮並未讀過太宰治的作品，卻仍對他心生好感。太宰治問富榮：「要不要跟我談一場拚上性命的戀愛？」之後，兩人陷入不倫之戀。

七月，富榮接到丈夫確定戰死的通知，更加義無反顧地投入這段不倫之戀。富榮曾寫信給雙親，希望父母能允許自己成為太宰治的情婦，支持太宰治的藝術創作。想當然耳，這個要求被拒絕了。即使如此，富

©shuhui_c

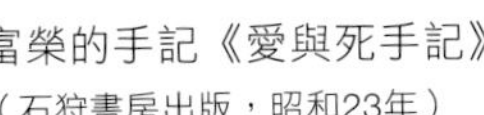
富榮的手記《愛與死手記》
（石狩書房出版，昭和23年）

榮仍不願離開太宰治。

根據富榮的手記，甫認識不久，太宰治就約她一起共赴黃泉。兩人感受到彼此之間靈魂的契合，太宰治曾稱富榮為「女太宰」、「就像擁有相同血統的津島家姊妹」。晚年太宰治的身體愈發虛弱，咳血越來越嚴重，富榮一直在身旁照顧著他，支持著太宰治的文學創作，甚至將從事美容工作所存的錢，全部花在太宰治龐大的交際費上。生活上的捉襟見肘，雙親的不諒解，還有包含太田靜子在內的四角戀愛關係，讓兩人的摩擦越來越多，一同赴死乾脆了結苦惱的念頭也愈發強烈。

昭和二十三年（一九四八年）五月底左右，富榮發現太宰治身邊又有了別的女人出現。跟太田靜子一樣，富榮也開始懷疑自己是不是被太宰治利用了。

六月十三日深夜，太宰治和山崎富榮留下遺書，於玉川上水投河自盡。六月十四日，美知子夫人向警視廳三鷹署提出協尋申請。六月十五日清晨，在玉川上水岸邊發現兩人投水的痕跡。當日正午時分，在下游的久我山水門，各發現一隻男用和女用的木屐。

六月十九日上午六點五十分左右，太宰和富榮的屍體在兩人投水處約一公里下游的新橋附近被發現。兩人用紅繩綑綁在一起，據聞富榮的表情相當痛苦猙獰，太宰治卻相對顯得平靜，而且幾乎沒喝下水。警方懷疑太宰治的死亡是他殺，認為他在投水之前可能已經斷氣或陷入假死狀態。巧合的是，太宰治的屍體被發現的那天，正是他三十九歲的生日。而富榮死時才二十八歲。

在二〇一九年版的電影《人間失格》中，代表富榮的花卉是山茶。

戴眼鏡的山崎富榮，給人一種知性能幹的感覺

我所喜歡的是津島修治這個「人」。

——山崎富榮

三鷹文學之旅

太宰治於昭和十四年（一九三九年）九月與新婚妻子美知子移居至三鷹，那年他三十歲。之後，至昭和二十三年（一九四八年）三十九歲那年在玉川上水投河自殺，除了昭和二十年（一九四五年）戰時為躲避空襲，疏散至妻子位於山梨縣甲府的娘家及青森縣津輕老家那段期間以外，太宰治人生的最後九年都居住在三鷹市。

太宰治不僅在此結束生命，也長眠於這塊土地，因此這裡處處可見他人生的種種印跡。其筆下的故事，像是《人間失格》、《櫻桃》、《斜陽》等作品中，皆有以三鷹市實際存在的景物與地貌為本的描寫。

雖然現存的太宰治相關景點均已不復見當年的風貌，但三鷹市政府在各處景點均設有解說立牌與舊照。來到此地，不妨隨意漫步其中，對比今昔的不同，遙想當年文豪之風姿，擷取太宰治其人與其作品的精髓，進行一場真正的文學散步。

三鷹觀光案內所

想要探訪太宰治在三鷹市的足跡，建議可以先拜訪位於ＪＲ中央總武線三鷹車站南口的「三鷹觀光案內所」。觀光所位於三鷹站南口，過馬路從左側的陸橋樓梯下去即可到達，步行僅需一分鐘左右。

案內所面積不大，所內有許多豐富的觀光導覽資料可供免費索取，也有販賣三鷹特有的點心或紀念小物。

在觀光案內所可以免費索取三鷹散策地圖等旅遊資料，並租借導覽有聲筆

©shuhui_c

太宰治的粉絲可以向工作人員索取「三鷹散策地圖」，地圖依照區域、主題分類介紹三鷹市及附近的景點。建議可以多花一百日圓租借導覽有聲筆（需押金五百日圓，返還時退款），有聲筆可以對應日文、英文、中文、韓文共四種語言。只要用筆點地圖上的國旗小圖，就可以選擇想聽的導覽語言，點擊景點的語音標誌，解說就會開始。

JR三鷹站

太宰治首次使用筆名發表的作品便是〈列車〉，足見其對電車的喜愛。《人間失格》中，也有一段說明小說主角熱愛電車的敘述。據說，三鷹站電車通車後，太宰治時常在車站附近閒晃，尤其是站在陸橋上觀看電車行駛。

從高處往下看，一覽三鷹站的美景。

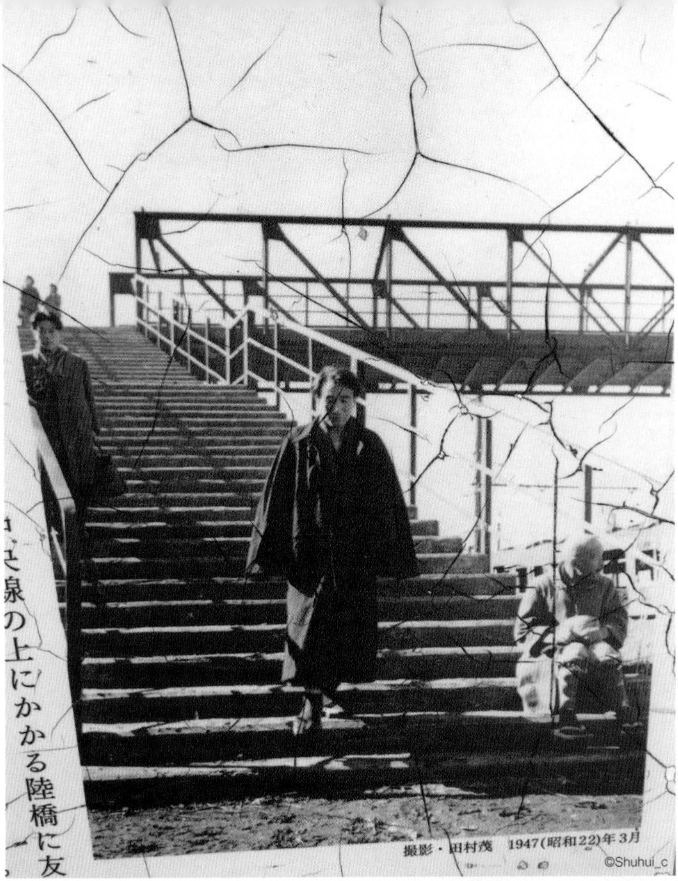

線の上にかかる陸橋に友

撮影・田村茂　1947(昭和22)年3月

©Shuhui_c

太宰治最愛觀看電車的陸橋，仍保持當時的原貌。

三鷹站前郵局

當時太宰治都是在此處領取稿費。此外，他也曾將這間郵局寫進其短篇隨筆〈男女川與左衛門〉中。

太宰橫丁

位於三鷹站附近，因太宰治當時經常在此地一間小飯館「喜久屋」飲酒用餐而得名，如今仍開滿了許多餐廳與小酒館。

2. | 1. | 3.

1.今日三鷹站前郵局正門景觀

2.太宰橫丁今日景色

3.至今仍可看見許多餐廳林立

玉川上水——

一九四八年六月十三日晚間，太宰治與情婦山崎富榮兩人綑綁在一起投入玉川上水自殺，六月十九日，太宰治生日當天屍體被尋獲。如今玉川上水已不復過去潺潺流水的景況，留下的是一片綠樹，以及寧靜的街道，但我們還是能感受到這份太宰治所帶來靜肅的文學氣息。

©Joann Chang

©Joann Chang

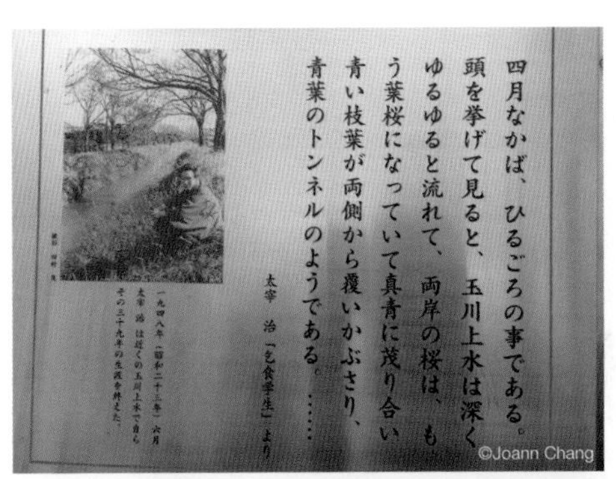

1. 玉川上水沿岸的清幽氣息
2. 玉川上水如今變成了一片青蔥的綠意
3. 路旁也立起了碑牌，説明了太宰治創作中提到玉川上水的情節
4. 當時尋獲太宰治與富榮屍體的照片

玉鹿石——

為了紀念太宰治，當地人士特地使用太宰治的家鄉，青森縣五所川原市金木町所生產的玉鹿石製作石碑，並立在太宰治投河之處。

3.　1.　2.

1. 因遭受風雨吹襲，目前玉鹿石的大小只剩原來的四分之三
2. 玉鹿石默默設立在街道一角，讓經過的行人知道，這裡曾有一位文學家殞落
3. 沙龍門口一景

太宰治文學沙龍

原址是太宰治一家時常造訪的伊勢元酒店，此店也曾在其短篇小說〈十二月八日〉中亮相。二〇〇九年，為了慶祝太宰治一〇〇週年生誕，三鷹市特地設置了這個文學沙龍，擺設是按照太宰治年輕時期流行的風格為基調，能讓喜愛太宰治的朋友們在這裡交流，並定期舉辦朗讀會等活動，也會提供各種有關太宰治的訊息。

©Joann Chang

太宰治文學沙龍必買!!人氣商品TOP6！

©shuhui_c

太宰治明信片 100日圓／張

多款太宰治相關圖像的明信片：有太宰治的自畫像（油畫）、太宰治最知名的數張照片、太宰治寫給朋友的明信片，上頭有手繪地圖。

太宰治金句鉛筆 100日圓／支

鉛筆上刻有太宰治作品中的金句
共有三款，由左向右分別是：
原木色款：《跑吧！梅洛斯》
──「我跑是因為知道有人相信我。」
黑色款：《維榮之妻》
──「只要我們活著就已足夠。」
綠色款：《斜陽》
──「人生來就是為了戀愛與革命」。

©shuhui_c

©shuhui_c

人氣商品3

太宰治資料夾（A4尺寸）300日圓

由林忠彥拍攝，太宰治在銀座酒吧「魯邦」裡的照片，酒吧裡的太宰治盤腿坐在椅子上，身穿白襯衫、領帶、背心與西裝褲，顯得瀟灑不羈而迷人。

©shuhui_c

三鷹太宰治地圖 100日圓

介紹與太宰治相關的19個景點與10張老照片，還有「下連雀路線」、「車站周邊路線」兩組推薦散步路線，是太宰治文學散步不可或缺的人氣地圖。

©shuhui_c

©shuhui_c

元祖太宰地圖 380日圓

手繪插畫地圖＆實景照片，詳細介紹了太宰治三鷹時代的生活點滴。幽默風趣的插畫和太宰治相關小知識，是太宰治書迷絕對不能錯過的人氣商品。

©shuhui_c

太宰治一筆箋（30枚）400日圓

太宰治坐在三鷹自家和室走廊上的照片，封面採雙色印刷，內頁為單色印刷，使用方便好書寫的紙張製作。

©shuhui_c

人氣商品5

太宰治書籤組（3枚） 450日圓

武藏野美術大學團隊協力製作的商品，由太宰治在酒吧的照片、太宰親筆書寫門牌、雙層披肩大衣三張小書籤組成，底紙是《東京八景》文庫本的圖案。

太宰治舊居

太宰治從一九三九年九月至一九四八年六月自殺為止，除了有一陣子為了躲避美軍轟炸而逃往避難處外，其餘時間都在此居住，此處可見三間規格相同的平房，雖然房子都已進行過整修，不過院落仍然保持太宰治居住的模樣。

©Joann Chang

2.
3.
1.

1. 牌子上說明了此地的故事
2. 景物沒有受到太大的破壞
3. 當時古樸的氣氛幾乎保留了下來

みたか井心亭

太宰墓與禪林寺

因太宰治與名作家森鷗外的墳墓設於此地，使得禪林寺成為三鷹市的特殊景點。每年的六月十九日，喜愛太宰治的讀者皆會到此參拜，這一天，也稱為「櫻桃忌」。這個名稱源自太宰治生前的作品〈櫻桃〉。

©Joann Chang

2. | 1.
3. |

1. 太宰治之墓目前已是日本指定的文化遺產
2. 太宰治之妻美知子過世後，也移至禪林寺，設立了津島家之墓
3. 太宰治墓前有時會看到喜愛其作品的讀者在墓前供奉了他生前喜歡的祭品

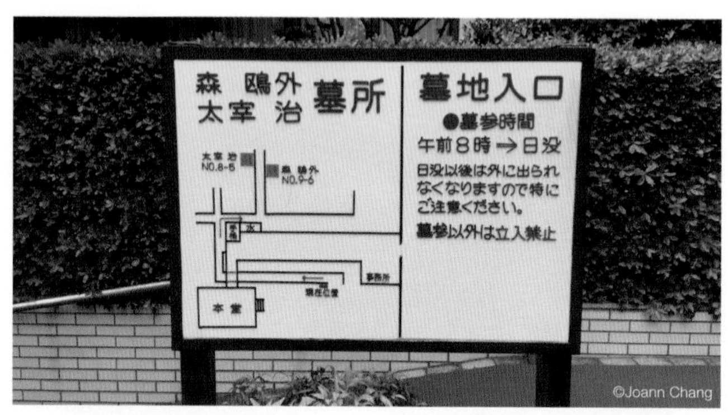

©Joann Chang

©Joann Chang

3.	1.
4.	2.

1. 剛進入禪林寺，便可看到標示太宰治與森鷗外之墓的告示牌
2. 禪林寺內一景
3. 禪林寺大門
4. 緊鄰禪林寺的八藩神社一景

目錄

人間失格

にんげんしっかく

愈仔細打量那男童的笑容，

愈讓人感到一股難以形容的陰森之氣。

那不是一張笑臉。

那男童根本沒在笑。

その子供の笑顔は、よく見れば見るほど、
何とも知れず、イヤな薄気味悪いものが感ぜられて来る。
どだい、それは、笑顔でない。
この子は、少しも笑ってはいないのだ。

序言

我看過那男人的三張相片。

第一張相片應該是小時候拍的，看年紀，約莫十歲上下。相片上，庭院的池子旁站著一群女子簇擁著那個男孩（我猜測可能是他的姊姊、妹妹，或是堂姊妹、表姊妹），男童穿著一件粗條紋的裙褲，頭往左歪大概三十度，笑得很醜——那模樣該說醜嗎？不過，那男童臉上的笑容，倒不至於算不上一般常說的「可愛」，也就是說，如果有大而化之的人（我的意思是不怎麼在意美醜的人），面無表情地隨口稱讚一句：

「府上的少爺真可愛呀！」

聽起來倒也不完全像是恭維話。不過，假如換作是一位上過幾堂審美課的人，只消朝相片瞧上一眼，恐怕都會頗為不悅地咕噥一聲：

「這小孩真讓人討厭！」

接著像撢毛毛蟲一樣，立刻把那張相片扔開。

確實，愈仔細打量那男童的笑容，愈讓人感到一股難以形容的陰森之氣。那不是一張笑臉。那男童根本沒在笑。證據就是，站立的他，兩隻拳頭攥得緊緊的。沒有人會在攥緊拳頭的時候還笑得出來的。對了，是猴子！就是所謂的猴子笑！那根本只是五官全都皺到一塊去的表情而已。相片上的那個表情既古怪又帶點猥瑣，格外令人作嘔，十足像個「五官皺在一起的小老頭」。我還是頭一回看到如此奇怪的小孩表情。

第二張相片則簡直變了個人似的，讓人驚訝。相片中的他是個學生，雖然無法分辨是在就讀高校還是大學時拍的，總之是個相當俊美的學生；只是同樣令人不解的是，他看起來不像個活人。翹著腿坐在籐椅上的他穿的是學生服，胸前的口袋探出一截白手帕，同樣露出了笑容。不過，這次的笑容不再是那種五官皺在一起的猴子笑，而是拿捏得相當巧妙的微笑，但和一般人的笑容還是不大相同。那該說是血液的重量，還是生命的渾厚呢？總之從他的臉上，絲毫感受不到那種確切的真實。他的笑容不能說像鳥，而是和羽毛一樣，抑或是一張白紙，輕飄飄的。換句話說，那是一種徹頭徹尾的人造物。形容成「矯揉」還不夠，形容成「輕佻」還不夠，形容成「陰柔」還不夠，就算形容成「摩登」，當然也還不夠。況且，若是仔細端詳，這位俊美的學生身上依然散發出一抹幽幽的詭異氣息。我還是頭一回看到如此奇怪的俊美青年。

最後一張相片的怪異程度遠在另外兩張之上，連拍照的年齡都難以辨別。他的頭髮已有些花白，在一個汙穢不堪的房間角落（相片拍得很清楚，牆上有三處剝落），雙手湊著小火盆烤火，這次倒是沒笑了，神情木然。可以說，他彷彿就這麼坐著，兩手伸向火盆，平靜地死去，是一張透著不祥的晦氣相片。奇怪的不只這樣，拍照的人給了他一個臉部特寫，我因而得以觀察他容貌的細部：額頭正常、抬頭紋正常、眉毛正常、眼睛正常，鼻子、嘴巴和下顎統統正常……，哎，這張臉非但沒有表情，甚至無法讓人留下印象，因為根本沒有任何特徵。打個比方，我看完這張相片之後閉起眼睛，就已經忘記他的長相了。我還記得房間的牆壁和小火盆的模樣，可是對房中主角的印象卻已拋到九霄雲外，怎麼也想不起來了。那張臉不能成為肖像畫的人物，也沒有辦法當上漫畫的主人公。就算我睜開眼睛，甚至不會出現恍然憶起的喜悅。說得極端一些，即便睜開眼睛再一次看到那張相片，我仍然想不起來，只會讓自己變得煩躁不快，索性別過臉去。

縱使是所謂的「遺容」，臉上的些微表情或特徵給人留下的印象，只怕都比這張相片來得多。要說這相片有多怪，也許只有把馱馬的頭接到人類的身體上可以和它相比吧。總而言之，相片裡的他就是有一股說不出來的不對勁，讓人看得心裡直發毛。同樣地，我還是頭一回看到如此奇怪的男人面孔。

我身上散發出來的這種不可告人的孤獨氣息，

卻有許多女人憑著本能嗅到了。

這或許正是多年後，我屢次抵擋不了女人誘惑的原因之一。

その、誰にも訴えない、自分の孤独の匂いが、
多くの女性に、本能に依って嗅ぎ当てられ、
後年さまざま、自分がつけ込まれる誘因の一つになったよ
うな気もするのです。

札記一

我的人生是一連串的出醜。

人們的日常生活，對我來說充滿了困惑。我出生在東北鄉下，長到很大了以後才第一次看到火車。我常在火車站的天橋爬上爬下，絲毫沒有意識到那是為了方便人們跨越鐵軌的設施，還以為是刻意模仿外國的遊樂場，把車站打造成一座複雜、有趣又時髦的建築物。這個想法跟了我很久一段時間。我把上下天橋當作一種城裡人玩的遊戲，而且是鐵路公司的各種服務中最深得人心的一項。以致於日後，當我發現那不過是讓乘客跨越鐵軌的實用設施時，頓時大為掃興。

還有，小時候我在圖畫書裡看到地鐵的時候，也沒當那是出於實際需要的設計，滿心認定是因為搭車在地底下跑比在路面上跑，顯得更別具匠心。

我兒時體弱，經常臥床養病。躺在床上時，總覺得人們拿這些床單、枕套、被套來裝飾床鋪，實在多餘。直到快二十歲我才赫然發現，原來這些東西都各有用途，這麼一來我又為人們貧瘠的心靈感到黯然傷悲了。

此外，我也不曾體會餓肚子的感覺。噢，我並非愚蠢地炫耀自己生在一個不愁吃穿的家庭，只是單純敘述自己真的不曉得什麼是「餓肚子」的感覺。這話可能不合邏輯，但我即使肚子餓了，自己也不會察覺到。上小學和中學時，每當我放學回來，家裡人便會你一言我一語地搶著問道：「哎，餓了吧？我們小時候也是這樣的，放學回到家簡直要餓扁啦。要不要吃點糖豆子？想吃蛋糕還是麵包也有喔！」這時，我便會發揮天生的討好本領，小聲抱怨著肚子餓了，一把抓起十粒糖豆子塞進嘴裡。至於飢餓究竟是什麼感覺，我完全不知道。

當然，我食量不算小，但印象中幾乎不曾因為飢餓而吃東西。希罕的食物，我吃；豐盛的食物，我吃；還有外出作客時，但凡端給我的，就算勉為其難也會吞下去。關於飲食，兒時的我最痛苦的記憶，其實是在自家吃飯的那段時光。

在鄉下老家用膳時，是將每個人的食案排成兩列，全家約莫十人相對而坐。我是老么，自然坐在最尾端。飯廳相當昏暗，用午膳時，只見一屋子十來人個個悶著頭吃飯，那光景總令我不寒而慄。再加上家風守舊，每一餐的菜色多半一成不變，舉凡山珍海味，更是想都甭想，愈發使我害怕開飯時刻的到來。我坐在昏暗飯廳的最後一個席位，渾身抖個不停，把飯菜一小口、一小口送到嘴邊，勉強塞進去，邊吃邊想：「人為什麼一天要吃三頓飯呢？」眾人吃飯時無不神情嚴肅，彷彿是一種儀式。全家人總是這樣，每天三次在固定的時間聚到同一個陰暗的房間，房裡的食案依序井然排列，就算沒有胃口也得低著頭默默用膳。我甚至想過，那情景宛如在向隱居家中的眾神靈祈禱似的。

不吃飯會餓死——這句話在我聽來，不過是用來嚇唬人的。然而，那種迷信（時至今日，我仍舊認定那是一種迷信）總是令我恐懼不安。人不吃飯會餓死，所以必須幹活餬口，以圖三餐溫飽。我認為這是世上最晦澀、最令我不解的恫嚇。

總之，至今我對人們的生活樣態依然什麼都不懂。我的幸福觀與世上所有人的幸福觀背道而馳，這使我惶惶不安，每夜為此輾轉反側、痛苦呻吟，幾乎要發狂。我真的幸福嗎？從小，確實常聽到人們欣羨我的幸福，可我卻覺得自己身陷地獄，而那些羨慕我幸福的人，看起來似乎遠比我安樂得多。

我甚至曾經想過，自己身上背負著十大災厄，哪怕把其中一個交由旁人承受，勢必都足以置他於死地。

這事任憑我想破頭，還是不懂。我完全無法體會旁人受苦的性質和程度。那可能是相當具體的苦楚，是一種只要能吃上一頓飯就能夠解決的苦楚；然而，那或許才是最慘烈的痛苦、是使我的十大災厄顯得不值一提的阿鼻地獄。倘使果真如此，他們居然沒人自殺、發瘋、絕望、屈服，還能談論政治、繼續過日子，難道他們不痛苦嗎？他們難道不曾確信自己理當成為徹底的利己主義者，並且對此深信不疑嗎？假如真的可以這樣，那就輕鬆了。可是，難道每個人的想法都一樣，都能對此感到滿足嗎？我又不懂了……。人們夜裡睡得酣暢，早上就會神清氣爽嗎？都做了些什麼夢呢？人們走在路上時，在想什麼呢？錢嗎？總不會滿腦子只想著錢吧？我好像只聽過「人是為吃飯而活」，倒沒聽過「人是為錢而活」，……慢著，在某些情況下或許……，不對，連那件事我也不懂……，就這樣，想得愈多愈不明白，彷彿天底下就我一個怪胎，不安與恐懼撲面襲來。我幾乎無法與旁人交談。該說什麼、該怎麼說，我一概不知。

於是，我想出一個法子——耍寶。

這是我對人類最後的求愛。儘管我極度害怕人類，卻無法對人類死心。就這樣，我靠著耍寶的一線希望，勉強與人類連繫在一起。表面上，我始終強顏歡笑，其實內心冷汗直淌。我就拚著這千分之一的成功機率，為人類服務。

自小，我完全不清楚家裡人在想什麼、有多麼辛苦，只是無法忍受彼此間的隔閡，最後選擇成為耍寶高手。不知不覺間，我變成一個真話只往心裡藏的孩子。只消瞧瞧我與家裡人當時的留影，大家都是一本正經，就我一個總是嘻皮笑臉的。這也是我幼稚而可悲的滑稽表現。

家裡人對我的數落，我一次都不曾頂嘴。就算僅僅是一兩句責備，聽在我耳中仍如晴天霹靂，令我崩潰。別說回嘴了，我深信那些責備儼然是萬世永傳的世間「真諦」，就只有自己一個人沒有能力實踐，所以恐怕再也無法與人們住在一起了。這就是為什麼每一次與人爭執時，我都沒辦法為自己辯解。當別人講我壞話，我總認為別人說的真有道理、一切都是我的想法有問題，結果只好默默承受對方的攻擊，強忍著內心的極度恐懼。

或許任何人受到別人生氣責備時，心情都不好。我從生氣的人們臉上，看到了比獅子、鱷魚、巨龍更可怕的動物本性。平常他們總把這種動物本性藏得好好的，可一旦在某個時機點觸發了，他們就會像那些安然伏在草地上睡覺的牛，陡然甩動尾巴拍死肚子上的牛虻一樣，在暴怒中不小心暴露出人類可怕的本性，每每嚇得我毛髮倒豎。一想到這種本性亦是人類得以存活於世的資格之一，我不禁對自己感到絕望。

我對人類向來怕得膽寒，對於自己在人類社會中的言行舉止是否合宜也沒有絲毫信心，唯有把困擾我的苦惱悄悄藏在心底的一只小盒子裡，掩飾起憂鬱和焦慮，偽裝成純真而樂天的樣貌，讓自己逐步變成了一個徹底的耍寶怪胎。

要我做什麼都行，只求能夠引人發笑。這樣一來，就算我不在他們的「生活」之中，大概也不會有人發現吧。總而言之，我不可以讓他們覺得礙眼。我把自己當成虛無、微風、天空，憑著耍寶逗得全家樂陶陶，甚至對待那些比家裡人更難以理解的男僕女傭，也拚命提供逗趣的服務。

我曾在夏天，在浴衣裡面穿著鮮紅的毛衣到走廊溜達，惹得家裡人哈哈大笑，連不苟言笑的大兄也忍俊不禁，以疼愛的口吻對我說：

「阿葉啊，這天氣可不能那樣穿呀！」

哎，再怎麼說，我總不至於怪到冷暖不分、在大熱天裡穿著毛衣到處逛。我其實只是在兩條手臂上套著姊姊的綁腿，旁人瞧見從浴衣袖口露出的那截綁腿，還以為我穿了整件毛衣呢。

由於父親在東京公務繁重，因此在上野的櫻木町擁有一棟別墅，一個月裡的大半時間都是在那裡度過的。每次返鄉時，父親總喜歡給家裡人乃至於親戚帶回許多禮物，這幾乎成了父親的興趣。

有一晚，父親隔天就要啟程前往東京。他把孩子們全喚到客廳，笑著逐一詢問想要什麼禮物，並將孩子們的回答仔細寫進了小手札。父親很少對孩子們這般和藹可親。

「葉藏要什麼？」

父親的垂詢，令我語塞。

聽到詢問的瞬間，我突然什麼都不想要了。腦中倏然閃過一個念頭：隨便什麼都好，反正沒有任何東西能帶給我快樂。別人給的東西，無論多麼不喜歡，我都無法拒絕。討厭的不敢說出來，可喜歡的也只敢偷偷摸摸地暗自欣賞，為那種不可名狀的恐懼而痛苦掙扎。也就是說，我連二選一的能力都沒有。這個癖性，正是我多年後造成自己「一連串出醜的人生」的重要原因。

見我扭扭捏捏、不回答問題，父親顯得有些不耐煩：

「還是要書嗎？……淺草寺前的商店街有種新年舞獅的獅子面具，小孩戴著玩剛好，不喜歡嗎？」

一聽到從父親口中說出「不喜歡嗎」這幾個字，我頓時覺得完了。我沒辦法再用耍嘴皮的花招化解危機了。我這個耍寶演員，已經一敗塗地了。

「他還是喜歡書吧。」

大兄神色認真地說道。

「這樣啊。」

父親一臉掃興，甚至沒有寫下來便用力闔上了小手札。

我居然觸怒了父親！父親滿腔怒火的反撲必定非常駭人，若不趕緊想出對策挽救，事情可就無法收拾了。當天夜裡，我躺在被窩裡哆嗦著身子索盡枯腸，最後悄悄起身，去到客廳，從父親方才收放小手札的桌子抽屜裡拿出它來，翻了幾頁，找到記錄禮物的頁面，舔了舔附在手札上的鉛筆，寫下「舞獅」兩個字後才回去睡下。我一點都不想要舞獅面具，若能給我書本該多好；可是我察覺父親屬意送我獅子面具，為了迎合父親，平息他的怒氣，我於是半夜冒險溜進了客廳。

這個非比尋常的招數果然奏效了！不久，父親從東京回來，高聲與母親說話，那聲音大到我在兒童房也能聽見。

「我在商店街的玩具店前打開小手札一看，咦，上面竟然寫著『舞獅』，那不是我的字跡，這可怪了……，我左思右想，總算給猜出來了，肯定是葉藏搗的蛋！問他要什麼的時候，這小子只管傻笑，啥也不說，其實還是很想要獅子面具嘛。這孩子就這個怪脾氣。假裝什麼都不說，卻自己寫了上去。真那麼想要，早告訴我不就得了？我啊，就這麼站在玩具店門口笑出聲來了。快把葉藏喊過來！」

領了獅子面具，我把男僕女傭召集到西式房間裡，吩咐一個男僕隨意敲打琴鍵（這裡雖是鄉間，可這個家該有的一樣不少），我則配合那亂七八糟的琴音跳起了印第安舞，逗得眾人捧腹大笑。二兄還打起鎂光燈，拍下我的印第安舞姿。等相片沖出來一看，我胯間的小鳥居然從兜襠布（那原本是塊印花面料的包袱巾）的交疊處探出頭來，再一次意外地引發了哄堂大笑。

我每個月都訂閱十多種新上市的青少年雜誌，還從東京郵購了許多書籍獨自捧讀，對於麥扎拉克扎拉博士啦、南潔蒙潔博士[1]啦之類的人物都非常熟悉，也對鬼怪故事、評書話藝、單口相聲和江戶詼諧等等也如數家珍，所以我常能裝作一派正經的模樣講笑話，把家裡人逗得前仰後合。

問題是，唉……學校！

在學校，我開始受到大家尊敬。「受人尊敬」的想法令我相當惶恐。我對「受人尊敬」的情境作了如下的定義：近於完美地欺騙別人，之後被某個全知全能的人拆穿西洋鏡，當眾出糗，比死還難堪。即便靠著矇騙的把戲贏得了尊敬，仍然必定會有某個人知道真相，不久，那個人就會告訴其他人，而其他人發覺自己上當了以

①「麥扎拉克扎拉博士」為當時大日本雄辯會講談社發行的《少年俱樂部》雜誌中，一個回答讀者來函的專欄〈奇問奇答滑稽大學〉的虛擬主持校長的稱謂，而「南潔蒙潔博士」則為同出版社發行的姊妹雜誌《少女俱樂部》的虛擬主持教授的稱謂。

後，那股憤怒和採取的報復將會多麼嚴重，我簡直不敢想像，就算在腦中稍微勾勒那幅情景，都不由得讓人寒毛直豎。

我在學校裡之所以受到大家尊敬，主要不是因為出生富貴，而是由於俗話說的「聰明」。我自幼體弱多病，時常請假一兩個月，甚至曾經將近一整個學年都在家裡養病。儘管到校時間不多，但每回拖著大病初癒的身子，搭人力車到學校參加學年期末考後，考試成績依然遙遙領先。實際上，即使沒生病的時候，我也完全不用功，上課時間光忙著畫漫畫，等到下課時間再拿圖畫講給班上的同學聽，把他們逗得大笑。上作文課時，我淨寫些詼諧段子，即使受到老師警告，仍是照寫不誤。因為我曉得，老師其實也很期待讀我的詼諧段子呢。有一天，我玩心不改，以分外傷心的筆調描述了自己的一件糗事。事情發生在母親帶我搭火車前往東京的途中，我把擺在車廂通道上的痰盂當成了尿壺撒尿（不過那趟去東京時，我早知道那是痰盂了，只是為了強調小孩的天真無邪，才故意做出那種舉動）。我有十足的把握，這篇作文肯定能讓老師笑出來，所以下課後悄悄跟蹤老師走回教員辦公室。果不其然，老師一出教室，便忙不迭從整疊作文當中挑出我的，在走廊上邊走邊讀，還壓低聲音竊笑，直到老師踏入教員辦公室的那一刻，作文大抵也同時讀完了，只見他放聲大笑，笑得臉都漲紅了，還忙著邀其他老師同享共樂。目睹此景，我感到非常得意。

小淘氣。

我成功地讓人只當我是個小淘氣。我成功地擺脫了受人尊敬的窘境。學期結束的成績單上，幾乎所有的科目都是十分，唯獨操行這一項不是七分就是六分，而這又成了家裡人的笑柄。

老實說，我的本性和那種小淘氣根本完全相反。那時，那些男僕女傭已經教了我一些難以啟齒的事，甚至侵犯了我。直到多年後的今天，我依然認為對幼小的人幹出那種行徑，無疑是人類所有罪行中最醜惡、最下流、最殘酷的一種。但是，我忍了下來，藉此看清了人類的另一種特質。於是，我蒼白無力地笑了。如果我一向誠實，或許能夠堂而皇之地向父母控訴他們的罪行，可是，我連對自己的父母都不是完全熟悉。我完全不指望所謂的控訴能有什麼功效。報告父親也好、報告母親也罷，就算報告警察、報告政府，到頭來只怕結局還是操控在那些八面玲瓏、巧言令色的人手裡。

我很明白，這個世間充滿了不公不允，提出控訴本來就是白費功夫。所以我把發生過的事情忍了下來，一個字都不提，只繼續專心扮演小丑。

或許有人會嘲笑我：「哦，你講了那麼多，原來是在說你不相信人呀？怎麼，你幾時成了基督教徒啦？」可我認為，不相信人，並不必然連結到宗教。事實上，包括那些嘲笑我的人在內，誰曾經把耶和華擺在腦袋裡？大家不都照樣在相互猜忌中，氣定神閒地過日子？說一件我小時候的事情。父親所屬政黨的一位高層來到我們鎮上演講，幾個男僕領著我去戲院聆聽。整間戲院座無虛席，鎮上與父親交情甚篤的人全都來了，聽講的過程中還使勁鼓掌。演講結束後，聽眾三三兩兩地在黑夜的雪中踏上歸途，一開口就把今晚的演講貶得一文不值，其中有個聲音聽起來還是和父親特別要好的朋友。那些所謂「志同道合者」帶著憤怒的口吻，批評我父親的開場白很差勁啦、那位知名人士的演講不知所云啦等等。那群人就這麼順道進了我家，一進客廳就換上一副由衷欣喜的面孔，恭維父親今晚的演講會辦得非常成功。家裡那幾個男僕也一樣，當母親問起今晚的演講時，他們臉不紅氣不喘地回答很有意思，可是他們分明才在回家的路上紛紛抱怨聽演講最無聊了。

這只不過是其中一個小例子而已。在相互欺瞞的情況下，居然雙方都沒有受到任何傷害，甚至幾乎沒有受騙的感覺。由此可見，諸如此類互不信任卻又相安無事的狀況，在日常生活中不勝枚舉。我對這種相互欺瞞的處世方式，並沒有什麼特別的感覺，橫豎我自己也一樣，從早到晚靠著滑稽逗笑的招數瞞騙欺矇。那種生活倫理教科書式的正義道德，與我無關。那些彼此作假卻又安然度日的人，以及滿懷信心過生活的人，才令我格外費解。我終究沒能向他們學到箇中奧妙。只要理解了箇中奧妙，或許我就不會那麼害怕人類，再也不必拚命提供笑料，更不必抵抗世俗，夜夜飽受煉獄般的痛苦了。我的意思是說，自己之所以沒有把那些男僕女傭犯下的可恨罪行告訴任何人，並非因為我不相信別人，當然更不是受到基督教義的影響，而是因為人們把名為葉藏的我，緊緊地關在信譽大門之外。就連父母也時常做出使我不解的舉措。

我身上散發出來的這種不可告人的孤獨氣息，卻有許多女人憑著本能嗅到了。這或許正是多年後，我屢次抵擋不了女人誘惑的原因之一。

於是，女人認定我是個不會洩露祕密戀情的男人。

懦夫連幸福都懼怕，
就連棉花也能傷害他。

弱虫、幸福をさえおそれるのです。
綿でも怪我をするんです。

札記二

在一處大海幾乎就在腳下的岸邊，巍然挺立著二十多棵樹皮濃黑的高大山櫻。新學年伊始，在湛藍大海的映襯下，絢麗奪目的花朵從山櫻樹略帶黏性的褐色嫩葉間紛紛綻放。再過一陣子，落英紛飛，翩翩入海，飄在海面上隨著浪潮重又回到了沙灘。這片散落花瓣的沙灘，成為東北地區某所中學的校園。我雖沒認真準備入學考試，倒也順利錄取了。學校的學生帽徽和制服鈕釦上，都飾有盛開的櫻花圖案。

一位遠房親戚就住在那所中學附近，因此父親要我去那所依海傍櫻的中學就讀，寄宿在親戚家。由於離學校很近，我這個懶惰鬼總要等到朝會的鐘聲響起之後，才急忙衝出門上學。不過，我還是憑著耍寶的老招式，逐漸贏得了班上的好人緣。

這是我出生後頭一遭遠離家鄉。比起故鄉，外地生活更讓我舒心愜意。原因雖可解釋成我彼時耍寶的功夫已經練到爐火純青，騙起人來更為游刃有餘；但是別忘了，即使是天才、是上帝之子耶穌，隨著表演對象是親人或陌生人、表演地點在故鄉或外地，其演技的難易度都互有高低。在演員看來，表演難度最高的地方，莫過於故鄉的劇場了。更何況若是在親朋好友齊聚一堂的房間裡，即使是演技精湛的影星，只怕也會施展不開吧。然而，我卻以演技成功地騙過了全家人，並且沒人發現。這樣的老江湖去到外地，絕不可能發生陰溝翻船的意外。

我對人類的恐懼依然強烈如昔，倒是演技增長不少，常把教室裡的同學逗得樂不可支，連老師也一面感嘆「若是大庭不在這一班，這個班級算得上相當優秀呢」，卻又一面掩嘴而笑。即便是厲聲如雷的軍訓教官，我同樣三兩下就讓他縱聲長笑。

正當我鬆了一口氣，以為成功掩飾了自己真實的樣貌時，冷不防竟中了一記暗箭。並且果真如我料想的，那個從背後放冷箭的人，正是班上一個最弱不禁風、近乎白痴的同學。他臉孔青腫，身穿一件衣袖肥長如聖德太子[2]長袍的父兄舊衣，功課一竅不通，每次上軍訓課和體育課時，也只能待在旁邊見習。向來小心的我，萬萬沒想過他是個必須提防的對象。

②聖德太子（五七四至六二二），日本飛鳥時代貴族與政治家，用明天皇的第二皇子，於國家制度制訂與佛教推廣多有建樹。

那天上體育課，老師吩咐那個同學（我忘了他姓什麼，只記得名字叫竹一）照例在一旁見習，要我們其他人練習單槓。我故意佯裝一臉正經，大吼一聲，目標對準單槓，像跳遠那樣朝前縱身一躍，結果一屁股摔到了沙地上。這是一起預謀性的失敗，果然引得師生捧腹大笑。我苦笑著爬起來，拍拍沾在褲子上的砂粒。就在這時候，竹一不聲不響地來到我的身邊，戳了戳我的後背，壓低聲音嘰咕了幾個字：

「故意摔的、故意摔的。」

這幾個字震懾了我。我怎麼樣都沒想過自己故意跌跤出洋相，居然會被竹一那傢伙識破了。我彷彿目睹煉獄的火舌在剎那間吞噬了整個世界，拚死強壓著險些放聲瘋狂大叫的激動。

從此，我時時刻刻都活在不安與恐懼之中。

雖然表面上我仍舊扮演可悲的小丑換得笑聲，有時候卻也不自覺地發出沉重的嘆息。一想到無論我耍什麼詭計，總會被竹一那傢伙徹底看穿，遲早拿去大肆宣揚，我不禁額前冷汗直冒，成天以瘋子般的視線掃射四周。可以的話，我恨不得從早到晚二十四小時監視竹一，以免他洩漏了祕密，並且在緊盯著他的時候，努力扭轉他的想法，讓他覺得我的行為絕對不是「故意的」，而是千真萬確的，甚至如果有機會的話，希望成為他最好的摯友。萬一以上這些方法都無法成功，就只能盼他去死了。不過，我至少沒動過殺死他的念頭。在過去的人生中，我不知多少回祈禱過有人來殺死我，卻從來不曾想過要殺死別人，因為那無異於讓可怕的對手得到幸福。

為了讓他就範，我三番兩次在臉上擠出偽基督徒式的「友善」諂媚笑容，頭向左歪大概三十度，輕輕摟著他瘦小的肩頭，用肉麻的語氣邀他到我寄宿的親戚家玩，可他總是一臉呆滯，沒有反應。有天放學後，印象中是初夏時節，驟然下起了好大一場午後雷陣雨，學生們都被困住了。所幸我寄宿的地方就在學校不遠處，正打算跑回去，忽然瞥見竹一垂頭喪氣地站在鞋櫃後面。「走吧，我借你傘！」我說著，不由分說地牽起怯懦的竹一就在大雨裡狂奔起來。回到家後，我請嬸嬸幫我們烘乾制服，並且終於成功把竹一帶進我二樓的房間裡。

家裡只住著年過五旬的嬸嬸和兩個女兒。身形高䠷的姊姊約莫三十歲，戴眼鏡，病體孱弱（她曾經出嫁，後來回到娘家。我也跟著家裡其他人喚她「阿姊」）；名叫小雪的妹妹剛從女校畢業，她不像姊姊那麼高，個頭很小，有張圓臉。樓下的店鋪只擺了些文具和運動用品，家裡主要的收入來源應該是已過世的叔叔生前留下的五六處大雜院的收租。

「我耳朵痛。」竹一站著說道。

「大概是雨水流到耳朵裡面發疼了。」

我說幫他看看，發現他兩邊耳朵都化膿，眼看著膿水就要流出來了。

「糟了！難怪會痛！」我故作神色驚慌，「都怪我害你淋雨，對不起唷！」

我刻意用女生的措詞，「溫柔地」向他道歉，再下樓索來棉花和酒精，讓竹一把頭枕在我的膝蓋上，仔細地為他清理耳膿。竹一似乎沒有察覺這體貼的舉動是一場偽善的詭計，因為枕在我膝上的他，居然天真地開口恭維了一句：

「女人一定會看上你的！」

多年以後我才明白，連竹一自己都不曉得這句話簡直是惡魔的預言。說什麼看上呀、被看上呀，這種字眼太過低俗、諷刺，還帶有沾沾自喜的意味，不論在多麼「嚴肅」的場合中，一旦冒出了這樣的字眼，憂鬱的伽藍③頃刻間便會崩坍下來，原本豐沛的情緒頓時洩了氣；但如果用的不是「被看上的煩惱」這種俗氣的話，而是

「被愛上的不安」這種文學語言，或許就未必會破壞憂鬱的伽藍[3]。想想還真奇妙。

當我幫竹一揩去耳裡的膿水，他說了句「女人會看上你」的恭維傻話時，我當下只是滿臉通紅地笑著，什麼話也答不出來，其實心裡有那麼一點覺得他的話不無道理。不過，要是在這裡寫下「聽到『被看上』這般粗俗的字眼後不由得有些沾沾自喜，頗有同感」，只怕連相聲裡的傻少爺都不至於冒出這種蠢話，所以我也絕不會在聽到那種取笑之詞後，顯得沾沾自喜而「頗有同感」了。

依我之見，女人遠比男人來得費解。我家族中以女子居多，親戚也多數是女孩，再加上方才提過的那些「犯罪」的女傭，我想，若說我自幼是在女人堆裡長大的也不為過。一路走來，我可以說是抱著如履薄冰的心情與那些女人們打交道的。你幾乎無法知道她們腦中在想什麼，如墜五里霧中，有時還像踩到了老虎尾巴，慘遭反咬。這種對待不同於遭到男人的鞭打，而是像內出血一般折磨內心，那傷口久久難以癒合。

女人會忽冷忽熱，人前對你冰冷不屑，人後卻又抱緊不放。女人入眠時簡直睡

③寺院的梵語音譯。

死了一樣，不免讓人懷疑她們活在世界上唯一的目的就是睡覺。我自幼觀察女人，雖然同屬人類，女人與男人顯然是完全不同的兩種生物，奇妙的是，就是這費人疑猜且要隨時提防的生物，溫暖地呵護著我。以我的情況來說，包括「被看上」、「被喜歡」的字眼都不貼切，可能要用「受到呵護」來形容，才能確切說明我的處境。

還有，女人似乎比男人更能享受耍寶的樂趣。每當我耍寶逗趣時，男人不一定每次都會哈哈大笑，而且我也曉得，在男人面前耍寶要懂得適可而止，否則會招致反效果，所以得留神要見好就收；但是女人卻不懂得拿捏分寸，總纏著我多表演一些，我為了滿足她們永無止境的需索，往往累得筋疲力盡，真不知道她們哪來的精力笑個不停。女人在享受快樂這件事情上，好像比男人更加貪婪。

好比我中學時代寄宿的親戚家的這對姊妹，只要一得空便往二樓我房裡跑，每回都嚇得我險些跳起來，見到她們進來就害怕。

「忙著用功？」

「還好。」我微笑著闔上書本，不帶情感地隨口轉述一則趣事，「今天，學校有個叫『棍子』的地理老師，他呀……」

有一天晚上，小雪和阿姊一起到我房裡玩，纏著看我耍寶了老半天後，突然下達了這個指令。

「阿葉，戴眼鏡給我們瞧瞧！」

「為什麼？」

「別問那麼多，戴上就是。快向阿姊借眼鏡戴上！」

她們平時都是這樣任性地命令我。我這個小丑只得遵從號令，戴上了阿姊的眼鏡。一時間，這對姊妹笑得前仰後合。

「一模一樣啊！和勞埃德簡直一模一樣！」

當時有個外國喜劇演員哈羅德．勞埃德[4]在日本大受歡迎。

我乾脆站起來，舉起一隻手，模仿勞埃德致詞：

「此次承蒙日本的影迷們……」

這個舉動愈發惹來她們捧腹大笑。自那之後，只要勞埃德的電影在這個城鎮上

④Harold Clayton Lloyd, Sr.（一八九三～一九七一），美國電影演員與製片，主演過許多喜劇默片，戴著圓框眼鏡是他的特徵。

映，我一定去看，並且暗自模仿他的表情動作。

還有一次，一個秋天的晚上，我正躺著看書，阿姊突然像小鳥一樣飛進我房裡，撲倒在我棉被上哭了起來。

「阿葉，你一定會救我的吧？對吧？這種家誰待得下！我們還是一起走吧！你要救我喔！救救我！」

她像連珠砲般激烈地喊完這串話後又哭了。我不是第一次見到女人這麼個哭法，所以阿姊的激烈舉動非但沒讓我訝異，反而對這種了無新意的空洞話語感到掃興。我從被窩裡悄悄起身，剝開桌子上的柿子，遞給阿姊一塊，阿姊抽噎著把柿子吃了下去。

「有什麼好看的書嗎？借給我一本吧。」她問道。

我從書架上挑了一本夏目漱石的《我是貓》。

「謝謝你的柿子。」

阿姊有些難為情地笑了笑，走出房間。其實不光是這位阿姊，若要我思索女人是以什麼樣的心情活在世間，倒不如去揣度蚯蚓在想什麼來得容易、不費事又愉快多了。倒是有一點，我憑著小時候的經驗知道，當女人忽然像那樣哭起來的時候，只要遞給她一樣甜的東西，她吃下去以後心情就會好轉了。

至於那個妹妹小雪，則會帶她的朋友到我房裡玩，我照樣秉持一視同仁的原則，逗大家開心。等那些朋友回去以後，小雪必定會批評方才的朋友，數落對方是個不良少女，要我可得當心云云。既是如此，她又何必把人帶來找我呢？因為小雪，來我房間的客人幾乎全是女生。

不過，那絕不代表竹一那句「女人一定會看上你的！」的恭維已經兌現了。也就是說，現下的我，只是日本東北地區的哈羅德．勞埃德而已。一直到幾年以後，竹一那句傻氣的恭維，才真的成了不祥的預言，並以血淋淋的樣貌呈現在我的面前。

竹一後來還送過我另一份大禮。

「這是魔鬼的畫像喔！」

有一天，竹一到我二樓的房間玩，得意地拿出一張卷頭彩頁給我看，還加了前面那句說明。

「哦？」我有些驚訝。多年以後我才明白，就在那一瞬間，決定了我未來的人生之路。我當然知道那只不過是梵谷的自畫像。在我們青少年時期，日本吹起了一股法國印象派畫作的熱潮，多數人都是從印象派畫作開始學習鑑賞西洋繪畫的。所以，舉凡梵谷、高更、塞尚、雷諾瓦等人的畫，即便是窮鄉僻壤的中學生，看到畫作的翻拍照片也大都認得出來。梵谷畫作的彩色印刷版我看過不少，對他變化豐富的筆觸、大膽鮮豔的用色都頗有興趣，卻從不覺得他的自畫像看起來像魔鬼。

「那麼，你看看這一幅，也像魔鬼嗎？」

我從書架上取下莫迪里安尼[5]的畫冊，出示其中一幅肌膚古銅的裸體婦人畫像給竹一看。

「這可不是鬧著玩的呀！」竹一瞪大了眼睛感嘆，「簡直是從地獄來的馬。」

「這看起來還是像魔鬼？」

「我也好想畫這種魔鬼的畫像喔！」

對人類感到恐懼的人們，反而會逼迫自己張大眼睛看清楚那些妖魔鬼怪，這和愈是神經質、膽小軟弱的人們，愈會祈禱暴風雨來得更加猛烈的心態，簡直毫無二致。哎，這群畫家受到名為人類的魔鬼傷害與恫嚇，最後選擇相信幻影，結果在光天化日的大自然中看到了活生生的魔鬼。他們非但沒有藉由插科打諢的方式來掩飾自身的恐懼，還努力忠實地描繪出親眼見聞，如同竹一說的，他們勇敢地畫下了「魔鬼的畫像」。我赫然發現，原來我未來的同伴就在這裡！這個發現令我激動得險些落淚。

「我也要畫！我要畫魔鬼的畫像！我要畫來自地獄的馬！」

不知為何，我對竹一說這段話時，刻意壓低了聲音。

從讀小學的時候，我就喜歡塗鴉和賞畫，但我的畫沒能得到和作文一樣的讚美。我向來不相信人類的語言，作文在我看來無異於耍寶前的開場白。雖然我的作文從小學到中學的老師都非常喜愛，但我自己卻並不覺得有意思；唯獨繪畫（漫畫之類的另當別論），該怎麼呈現被畫物，著實讓年幼的我絞盡了腦汁。學校美術課的畫帖無聊得很，而老師的示範又奇差無比，我不得不自己嘗試摸索各種繪畫技巧。進

⑤ Amedeo Modigliani（一八八四～一九二〇），義大利畫家和雕塑家，屬於表現主義畫派，創作了多幅大膽的裸女圖，知名作品包括《圍紅圍巾的珍妮》、《龐畢度夫人》等。

入中學之後，我擁有了一整套油畫的畫具，儘管試圖從印象派的畫風中臨摹相同的筆觸，可是出現在畫布上的東西卻跟傳統印花色紙一般呆板，差得太遠了。不過，竹一的話使我意識到，自己以往面對繪畫的態度根本是錯的。我總是把具有美感的東西，努力依照原樣呈現，這想法是幼稚而愚蠢的。那些畫壇大師能夠運用主觀的想像，把平淡無奇之物變得令人驚艷，甚或面對讓人作嘔的醜陋之物，依然興味濃厚，沉浸在創作的喜悅之中。也就是說，我從竹一那裡得到了作畫的原始祕訣：不要用大腦作畫。於是，我背著那些來訪的女客，慢慢開始勾勒我的自畫像了。

一幅陰森森的畫作誕生了，連我自己都不禁駭然。然而，這正是隱藏在我內心深處的真實樣貌。我表面上笑得開心，也逗別人發笑，其實心裡卻是如此陰鬱，並且告訴自己只能這麼活下去。那幅畫，我沒讓竹一以外的人看過。我不願被人識破自己要寶背後的淒涼，也不願別人突然對我避而遠之，我也擔心人們甚至沒有看出這才是真正的我，而照例當成是我的要寶新招、另一種笑料，我將無法忍受那種難堪，所以馬上把那幅畫塞到了壁櫥的最裡面。

在學校上美術課時，我也收起了那種「魔鬼式的畫法」，恢復從前的平庸筆觸，把美麗的東西依樣畫得美美的。

我向來只在竹一面前不掩飾自己容易受傷的心靈，這張自畫像也放心地拿給竹一看。在得到他大力讚賞之後，我接二連三地繼續創作魔鬼的畫像。於是，我又從竹一那裡得到了第二則預言：

「你一定會成為一個了不起的畫家！」

「女人一定會看上你的」和「你一定會成為一個了不起的畫家」是傻瓜竹一在我額前鐫下的兩句預言。不久之後，我去了東京。

我本來想進美術學校就讀，但父親說他早已決定讓我上高校，日後學而優則仕。一向唯命是從的我只有遵照父親的意旨。父親吩囑上四年級後就可以報考看看，而我自己也對這所依海傍櫻的中學厭倦了，於是不等升上五年級，四年級的學期一結束，我就考進了東京的高校，立刻搬進了學生宿舍。可是髒亂的宿舍和粗鄙的住宿生令我退避三舍，哪裡還有心思耍寶逗趣，因此請醫師開了張肺浸潤的診斷書，搬出學生宿舍，改住到位於上野櫻木町的父親別墅裡了。我實在沒辦法適應團體生活，一聽到諸如青春的感動、年輕人的驕傲之類的話語，便覺得一股涼意爬了上來，完全無法與所謂的高校精神產生共鳴。我甚至覺得，不管教室還是宿舍，全都充斥著扭曲的性欲。我那近乎完美的耍寶本領，在這裡絲毫派不上用場。

議會休會期間，父親每個月只在別墅住一兩個星期，父親不在時，偌大的房子只剩下看管別墅的一對老夫婦和我三個人而已。我時常蹺課，可也沒興致遊覽東京（看樣子我在離開東京前，應該不會去參觀明治神宮、楠木正成銅像和泉岳寺的四十七烈士墓了），成天待在家裡讀讀書、畫畫圖。一等父親來到東京，我每天早晨便趕著上學，但有時去的其實是位於本鄉區千馱木町的西洋畫家安田新太郎先生的畫塾，在那裡畫上三、四個小時的素描。自從我搬出高校宿舍以後，連坐在教室聽課也覺得自己像個旁聽生似的格格不入，彷彿自己是處在旁聽生那種特殊的位置上。這或許是鬧彆扭，總之我就是提不起勁，愈來愈害怕上學了。從小學、中學到高校，我終究沒弄懂何謂愛校精神，就連校歌也從不記得怎麼唱。

很快地，我從畫塾裡的一個畫生那裡學會了喝酒、抽菸、嫖妓、典當和左翼思想。這些東西乍看之下風馬牛不相及，但我確實樣樣都來。

那個畫生名叫堀木正雄，生於東京的老街，長我六歲，從私立美術學校畢業後，說是家裡沒有畫室，所以來這所畫塾繼續學西洋畫。

「能借我五圓嗎？」

此前我們只是打過照面而已，從來沒交談過。我有些慌張地掏出了五圓。

「好，去喝酒吧！小傢伙，我請你。」

我推辭不過，被他硬拉去畫塾附近一家位於蓬萊町的酒館，並且從此和他成為朋友。

「我之前就注意到你了。看吧看吧，就是這種靦腆的微笑，這可是前途不可限量的藝術家特有的表情哩！來，乾杯，慶祝我們結為好友！……阿絹，這傢伙長得英俊吧？妳可別被他迷住嘍。打這小子來畫塾以後，我只算得上是第二英俊的啦！」

堀木五官端正，膚色略黑，身穿不同於其他畫生的筆挺西裝，領帶堪稱素雅，中分的髮式還抹了髮蠟。

身處陌生的環境，我心裡只有恐懼，兩條胳膊抱了又放、放了又抱，臉上擠出的微笑確實稱得上靦腆，但等到喝下兩三杯啤酒以後，一種奇妙而輕鬆的解放感出現了。

「我原本打算進美術學校……」

「哎，無聊，那地方無聊透頂！去學校根本沒意思。我們必須師法大自然！從大自然中激發出情感來！」

他說的話完全無法讓我肅然起敬，只覺得他是個蠢貨，作畫肯定也不成氣候，當個酒肉朋友倒有可能是最佳人選。那是我平生第一次見識了貨真價實的都市痞子。儘管外顯的模樣和我不同，但就徹底游離於俗世生活之外、彷徨而迷惘的面向而言，他的確和我是同類。不過，他的插科打諢是渾然天成的，而且絲毫沒有覺察到這種要寶行徑的悲哀，這部分和我具有本質上的差異。

我只當他是個一起吃吃喝喝的酒肉朋友，從沒把他放在眼裡，有時甚至羞於與他為伍；可就在和他勾肩搭背之際，沒想到終究還是敗在他的手裡。

起初我當他是個好人，一個難得一見的好人，就連向來害怕人類的我也完全放下戒心，滿心以為遇上了一個稱職的東京嚮導。老實講，我不敢單獨搭電車，見到車掌就怕；去歌舞伎劇場，見到那些站在大門口紅地毯階梯兩旁的帶位小姐也怕；上餐館吧，瞥見不吭聲站在我後面等著收盤子的服務生更怕。就別提結帳的時候，……哎，我那生硬的付款動作。買完東西後給錢時，不是因為吝嗇才不想給，而是太緊張、太難為情、太侷促和太恐懼，以致於頭暈目眩，眼前發黑，幾乎要發狂，哪裡還顧得上討價還價，別說是找零忘了拿，有時連買下的東西都沒記得帶走。這些事也不是一兩次了，我根本沒辦法自己一個人上東京街頭，只好成天窩在家裡混時間。

可是，和堀木一起出門，只消把錢包交給他，情況就大為改觀了。堀木會狠狠地砍價，還是個玩樂的老行家，懂得怎麼用最少的錢發揮最大的效益。他絕不搭昂貴的一圓計程車⑥，懂得善用電車、巴士和小汽艇，以最短的時間抵達目的地，還領著我在買完春的清早回家途中，順道拐進一家高級旅館洗個晨浴，就著燙豆腐小酌幾杯，不但划算又闊氣。他還教我，攤販賣的牛肉蓋飯和烤雞肉串便宜又營養，並且保證酒勁發作最迅猛的就數閃電白蘭地⑦。總而言之，和他在一起，我從不曾在結

⑥只要在市區範圍之內，無論路程長短，計程車資一律是一圓。這種計程車的收費方式最早出現於一九二五年的大阪，東京則於一九二七年開始跟進。

⑦一九一二年由一位酒吧店主神谷傳兵衛研發的白蘭地調酒，由於酒精濃度高達四十五度，一入口有如遭到雷擊一般，故得此名。

帳時感到絲毫不安恐懼。

和堀木當朋友的另一項優點是，他完全無視交談對象的想法，任由自己的熱情肆意奔放（或許所謂的「熱情」就是無視對方的立場），一天到晚喋喋不休，我根本不必擔心兩個人走累了會冷場尷尬。與人相處時，我十分害怕那種恐怖的冷場，儘管口拙也得拚命耍嘴皮。如今有堀木這個傻瓜主動擔任那種逗趣的小丑，我大可左耳進右耳出，不必一一回應，偶爾笑著隨口敷衍兩句就行了。

不久之後，我發現了喝酒、抽菸和嫖妓是能讓我暫時忘卻人類恐懼症的絕佳妙招。我甚至覺得，只要能將這些弄到手，即使變賣所有的家當也在所不惜。

在我眼裡，娼妓既不是人，也不是女人，只是白痴或瘋子。躺在她們懷裡，我反而能非常安心地睡個好覺。她們沒有一星半點欲望，卑微地讓人同情。或許是從我身上感受到一種同類的歸屬感，那些娼妓常常大方地向我表示好感。這種毫無算計的美意、不勉強的善意，以及對於或許就做這麼一次買賣的客人的好意，使我在黑夜之中，從那些不是白痴就是瘋子的娼妓身上，真真切切地看到了聖母瑪利亞的光環。

為了逃避對人類的恐懼，為了求得一晚的安歇，我去找那些娼妓，和那些與自己「同類」的娼妓狎遊；可我既沒意料到，也沒意識到，不知不覺間，自己身上開始縈繞著一股不祥的氣息，形同買雜誌額外獲得的「附錄」，並且逐漸鮮明地顯現出來。堀木點出了這個事實，令我頓感錯愕，心裡很不舒服。說得通俗點，由旁人看來，我利用娼妓學習與女人相處，而這種方法最近已經出現了卓著的成效。據說利用娼妓作為與女人交往的研習手段是最艱難卻也最有效果的。女人（不單是娼妓）憑著本能嗅到了我身上散發出來的「大情聖」氣息，爭相投懷送抱。這種猥褻而不名譽的氣息，便是我額外獲得的「附錄」，並且其搶眼的程度，遠超過我渴望的休憩。

堀木的話或許是出自客套，卻不幸說中我的苦惱。我曾收到酒館陪酒女郎幼稚的情書；櫻木町別墅隔壁將軍府上那個年約二十的女兒，每天早晨略施脂粉，無所事事地趁我出門上學的時候，在自家門口進進出出的；我去吃牛肉時，即使悶著頭沒說話，店裡的女侍也會……；我經常光顧的那家菸鋪的女孩遞給我的菸盒裡……；去看歌舞伎時，鄰座的那個人……；我深夜在市營電車上醉得睡著了的時候……；也曾意外收到老家一個親戚女孩寄來情意綿綿的信箋……；還有，某個不知名的女孩，在我外出時留下一只看似親手縫製的人偶……。由於我十分消極，這些豔遇都沒有下文，僅僅是一次邂逅，連一樁也沒有後續的發展，不過，我身上似乎真帶有幾分夢中情人的氣息。這話既不是往臉上貼金，也不是隨口胡謅，而是不可否認的事實。當堀木那傢伙指出這件事的那一刻，我感到近似屈辱的苦澀，頓時也失去了和娼妓狎遊的興致了。

由於堀木這人虛榮又愛趕流行（除了這個理由以外，至今我依然找不出有關堀木一切行徑的其他解釋），有一天，他帶我參加了一個共產主義讀書會（好像叫R・S，記憶有些模糊了）的祕密研究社。堀木那種人或許只當共產主義的祕密集會是帶我「觀光東京」的其中一個景點罷了。他把我介紹給那些所謂的「同志」，要我買下一本宣傳手冊，還聽了一位坐在上座的醜陋年輕人講授馬克思主義。在我聽來，那些內容全是天經地義。話雖這麼說，可是人的內心卻存有更難以捉摸、更可怕的東西，稱它「欲望」不夠準確，說它「虛榮」也不貼切，姑且謂之「色情和欲望」還是無法涵蓋一切，總之我也不清楚那是什麼，但隱約覺得人世間的根柢不單只有經濟，還有近似靈異故事的東西。向來懼怕靈異故事的我，儘管認為唯物論就和水往低處流一樣順乎常理，卻無法憑靠唯物論消弭我對人類的恐懼，也無法從而感受到綠葉欣欣、希望盎然的喜悅。雖是如此，R・S（希望沒記錯該組織的縮寫）的活動我依然場場出席，那些「同志」一副如臨大敵的僵硬表情嚴肅地探討思想，但那些理論的難度只相當於一加一等於二的簡單算數，那景象直教我忍俊不禁，我於是發揮耍寶的本事，活絡研究社緊繃的氣氛，自己也成了研究社裡重要的風雲人物。那些看來單純的人們，或許以為我和他們一樣單純，當我是個樂觀而幽默的「同志」。如果他們真那麼認為，那我等於徹底欺騙了這群人。我並不是他們的同志。我只是每場必到，為大家提供耍寶服務而已。

這麼做的原因是我喜歡。我喜歡那些人。那未必是靠馬克思主義結合在一起的親暱。

非法。這帶給我小小的樂趣，甚至可以說感覺舒服又自在。世上所謂合法的事物才可怕（那讓我感到某種強大的莫名力量），其組成結構難以分析。我實在無法坐在一個沒有窗戶的冰凍房間裡枯等，寧願縱身跳下外面那片非法的海洋泅泳，直到死去，這樣反而輕鬆多了。

有一種人被稱為「不見天日」，指的是世間那些悲慘的失敗者和悖德者，我覺得自己一出生就是個「不見天日」的人，所以遇到受同樣指責的人，就會對他格外照顧，而自己也陶醉在這種「照顧」弱者的氛圍中。

還有一個詞語是「犯罪者意識」。我這輩子始終飽受這種意識的折磨，可它又像是我的糟糠之妻、最佳伴侶，孤單地與它湊在一塊嬉戲，或許便是我的一種生活樣貌。另外，也有一句俗話是「小腿有傷，居心不良⑧」，那傷口從我嬰孩時便出現在我的一條腿上，長大以後非但沒有癒合，反而愈發深入骨髓，每晚不同的痛法令我見識到一層層地獄，不過，（真要說來似乎不合情理）那傷口和我的關係，逐漸變得比我的血肉還要親密。傷口的疼痛，代表傷口的情感流露，也像是愛情的呢喃。地下運動小組的氛圍，讓我這種「小腿有傷」的男人感到分外安心與愜意。換言之，運動的表象，比運動原本的目的更適合我。堀木只是拿我尋開心，就那麼一次帶我進去參加那個集會，之後再也沒去過了。他還說過一段差勁的俏皮話：「馬克思主義者在從事生產面的研究時，也必須考察消費面啊。」所以他不來參加集會，老是拉著我去考察消費面。回想起來，當時有許多不同類型的馬克思主義者，有堀木那樣虛榮又愛趕流行，自詡為「馬克思主義者」的；也有我這樣只是受到「非法」氣氛的吸引，便一頭扎進來的。倘使我們這些人的真面目被真正馬克思主義的信奉者識破，包括堀木和我在內，肯定都要遭到烈焰般的怒斥，視為卑鄙的叛徒，立刻逐出組織之外，然而不單是我，連堀木都沒被除名。尤其是我這名「同志」在那個非法的世界裡，比在合法的紳士世界活得更逍遙自在，得以「神采奕奕」地大顯身手，更被視為明日之星。他們與我分享大量的祕密，還委以各式各樣的任務，而我一次也沒有拒絕，欣然接下指令，也不曾因為舉止反常而遭到「走狗」（同志們都這樣稱呼警察）的懷疑與詢問，我總是在談笑間，一邊逗人發笑，一邊精準無誤地完成他們所謂的危險任務（那批從事運動的傢伙常常如臨大敵般緊張兮兮，還蹩腳地模仿偵探小說的情節高度戒備，事實上他們交付的任務無聊得令人瞠目，儘管如此，他們仍繪聲繪影地描述那任務有多麼危險）。我當時的心情是，就算被當成共產黨

⑧意指有愧於人，或心懷鬼胎。

員被捕入獄，一輩子身陷囹圄，也毫不在乎。與其對人世間的「真實生活」感到恐懼，每晚在不成眠的地獄中發出呻吟，待在牢房說不定還比較輕鬆。

父親住在櫻木町的別墅時，不是忙著接待來客，就是有事外出，雖然同住一個屋簷下，有時父子連著三四天都見不上面，但我仍覺得父親嚴肅可怕而難以親近，正打算稟告父親想找個寄宿公寓搬出去住的時候，就從別墅老管家那裡聽到父親準備出售這棟別墅的消息了。

父親的議員任期即將屆滿，基於種種理由無意繼續參選，也不想再留在東京，計畫在故鄉建一間宅邸頤養天年。至於我不過是個高校生，父親認為沒必要專程為我保留別墅和僕役（不論是父親的想法或世上人們的想法，我統統都不太懂）。總之，這棟別墅不久便出售了，我搬到本鄉區森川町一棟名為仙遊館的舊公寓其中一個陰暗的房間。沒過多久，我生活費就不夠用了。

以往父親每個月都給我定額的零花錢，就算兩三天內用完了，家裡隨時都有菸、酒、乳酪、水果可以享用，而書籍、文具和身上穿戴的服飾，則隨時皆可向鄰近的店家賒帳。如果想請堀木吃碗蕎麥麵或炸蝦飯，只要是父親經常光顧的附近餐館，大可吃完以後揩嘴走人也沒有關係。

結果現在突然一個人住到公寓裡，一切生活開銷都必須從每個月寄來的固定金額中支應。我倉皇失措，不知如何是好。寄來的錢依舊兩三天就花光，我嚇壞了，怕得幾乎發瘋，輪番給父親、哥哥、姊姊打電報求救並寫信詳述需錢的原委（寫在信裡需要用錢的原因，全都是令人發噱的笑料。我認為有事央託時，必須讓對方莞爾一笑方為上策）。另外，我也照著堀木傳授的辦法，頻頻進出當鋪，但生活照樣捉襟見肘。

說到底，我缺乏在陌生的公寓裡獨自「生活」的能力。我不敢一個人待在房間裡，彷彿下一刻就會有人衝進來揍我似的。我乾脆往大街上逃，不是去協助地下運動，就是和堀木一起到處找便宜的酒喝，學業和繪畫都荒廢了。進入高校翌年的十一月，就鬧出了和一位年紀比我大的有夫之婦相偕殉情的事件，從此改變了我的命運。

我沒去上學，也不看教科書，奇怪的是總是猜得出考卷答案，因此長久以來都能瞞過老家的親人，無奈曠課日數太多，校方暗中通知了故鄉的父親，大兄代父親寫來了一封措詞嚴厲的長信。但這封信的斥責，遠比不上缺錢帶來的痛苦。還有，地下運動的任務愈來愈忙，難度也逐漸升高，我再也無法當兒戲般輕鬆以對了。我榮膺馬克思主義學生行動隊的隊長，負責的區域範圍包括中央地區還是叫什麼來著的地區，反正包括本鄉、小石川、下谷、神田那一帶的所有學校。聽說要發起武裝暴動，我去買了把小刀（回想起來，那把小刀細得連鉛筆都削不好），放進雨衣的口袋到處奔走，從事所謂的「聯絡」工作。我真想喝了酒好好睡上一覺，可是身上沒錢。況且P（印象中，P是指黨的暗語，但也可能記憶有誤）不斷下達任務，連喘口氣的時間都沒有，我這孱弱的病體實在吃不消了。本來我只是覺得「非法」挺有意思，一時興起才幫忙小組活動的，沒想到弄假成真，忙得昏天暗地，我不由自主地對P的成員們感到憤恨不平：你們找錯對象了吧？那些任務應該要交給你們的直屬成員呀？於是我逃了。雖然逃離組織了，心情還是很糟，我決定去死。

那時候，有三個女人對我特別有好感，其中一個是我寄宿的仙遊館老闆娘的女兒。每當我幫忙完地下運動，身心俱疲地回到房間，飯也不吃只想倒頭就睡時，那女孩總會帶著信箋和鋼筆來到我的房裡。

「不好意思，妹妹和弟弟在樓下太吵了，我實在沒法靜下來寫信。」

女孩說完就坐在桌前，寫上一個多小時。

我大可不理她，逕自休息，但那女孩的神情似乎期待我對她說幾句話，我於是又發揮了一貫的奉獻精神，儘管我累得連一個字都不想說，仍是拖著疲乏的身軀，打起精神改躺為趴，抽起菸陪她聊上幾句：

「聽說有些男人會把女人寄來的情書拿去當火引來燒洗澡水喔。」

「真的嗎？好過分哦。難道是您嗎？」

「我曾經拿去熱過牛奶喝。」

「要是我的信能讓您拿去熱牛奶，那可是無上的光榮呢！請儘管喝。」

我心想，這人怎麼還不走呀？我早看穿了，她哪是在寫信呢，不過在那裡圈圈叉叉地亂畫一通罷了。

「拿來給我瞧瞧！」

其實我壓根不想看她的信，怎知不過是隨口一說，她竟嬌聲嗲氣地連連嚷著：哎唷，不要嘛，哎唷，別看哪……，那故作嬌嗔的模樣令人倒胃口。我決定打發她去跑腿。

「抱歉，能不能請妳去電車鐵軌旁的藥房幫我買點安眠藥呢？我累得臉上熱烘烘的，反而睡不著，麻煩妳了。錢的話……」

「不用了，錢您收著吧。」

她喜孜孜地站了起來。我非常明白，請女人去跑腿絕不會讓她不高興，反而很開心男人央託她去辦事。

另一個女人則是所謂的「同志」，一個女子高等師範學校的文科生。由於地下運動的關係，我不得不每天和她碰面。事務討論結束後，她仍是黏著我四處走，不停地買東西給我。

「你儘管當我是親姊姊唷。」

那種裝親熱的模樣不禁讓我打了個寒顫。我擠出一絲帶著苦澀的微笑答道：

「我也這麼想。」

我知道萬一激怒了她，後果不堪設想，心想非好好哄她不可，只得好生伺候那個討厭的醜女，讓她買東西給我（她老是買些品味粗俗的東西，我通常隨手轉送給烤雞肉串店的老闆），還裝出滿心喜歡的樣子，開玩笑逗她開心。一個夏天的夜晚，我實在無法脫身，為了快點把她打發走，我在街上的暗處吻了她，沒想到厚顏的她反而欣喜若狂，當即攔下一輛計程車，把我帶到了他們為了地下運動而祕密租借的辦公室——一間位在大樓裡的狹小西式事務所，兩個人在那裡面一夜折騰，直到天明。這事我想來仍不免暗自苦笑，這位姊姊可真夠荒唐的。

不論是房東家的女兒或是這位「同志」，我每天都得和她們打照面，沒辦法像以往那樣巧妙地避開那些女人。日子一久，我心裡愈發忐忑不安，只得拚命討好她們，就這麼被這兩個女人綁住了。

就在這時候，銀座一家大酒館的陪酒女郎，給了我天大的恩惠。雖然只有一面之緣，但這個恩惠仍讓我倍感壓力，惶恐不已。當時，我已不再需要堀木帶路，自己一個也可以熟門熟路地搭電車、到歌舞伎劇場，甚或穿上碎白花紋的和服光顧酒館了。雖然對人的信任和暴力感到懷疑、恐懼及苦惱，至少在表面上逐漸能夠與人們一本正經地寒暄了，……不，不對，以我的個性，假如臉上沒有掛著滑稽的苦笑，大概連問候都說不出口，總之，儘管並不流暢，我好歹練成了一種與人話家常的「伎倆」。這該歸功於我為地下運動的奔走？還是歸功於女人？抑或歸功於酒精？我想，最主要得歸功於手頭拮据。不管身在何處，都令我感到懼怕；可若是在大酒館，待在一大群醉鬼、陪酒女郎和男服務生中間，或許我疲於奔命的這顆心，也能獲得片刻的寧靜吧。我帶著十圓，一個人走進了銀座的大酒館裡，笑著對陪酒女郎說：

「我身上只有十塊錢，妳看著辦吧。」

「您請儘管放心。」

她的口音裡帶著一點關西腔。很神奇地，她這一句話居然安撫了我抖顫不已的心。不，不是因為我無須擔憂錢不夠，而是彷彿只要待在她身邊，我什麼事都不必擔心了。

我仰頭喝下了杯中的酒液。她給我的安心感，使我無須在她面前耍寶，毫不掩飾地呈現原本的沉默與憂鬱，不發一語地喝著酒。

「這些菜色，您喜歡嗎？」

那女人把許多下酒菜擺在我面前問道。我搖了頭。

「只喝酒嗎？那我也陪您喝吧。」

那是一個寒冷的秋夜。我依照津根子（似乎是叫這個名字，但記憶模糊，不能確定。我這種人居然連一起殉情的女人名字都給忘了）的叮囑，在離開銀座鬧區的一個壽司攤子上，吃著難以下嚥的壽司等她來（她的名字我給忘了，可不知為什麼，卻牢牢地記住了那一晚難以下嚥的壽司滋味。還有，那個面如錦蛇、頂著光頭的老闆搖頭晃腦，一副老師傅的架勢捏著壽司的情景，至今依然歷歷在目。多年後，我好幾回搭電車時覺得某張面孔似曾相識，想了老半天才發現原來和當時的壽司攤老闆頗為神似，不禁苦笑起來。時至今日，她的名字甚至面容都已從我的記憶中淡去，唯獨記得壽司攤老闆的長相，要我畫出他的肖像也沒問題，顯見那晚難吃的壽司帶給我的寒冷與痛苦，讓我留下了多麼深刻的印象。不過，就算人家帶我去到以美味著名的壽司店，我也從來不覺得好吃。太大了。我總想著，難道不能把壽司捏成拇指般大小嗎？）。

津根子在本所區租了木匠家二樓的房間。在那裡，我完全不必掩藏平時的憂鬱，可以儘管像牙痛時那樣一隻手托著腮幫子，支在桌面喝茶。我這種姿態反倒讓她醉心不已，而她給人的感覺，也像是一個孤伶伶的女子，只有寒風捲起漫天狂舞的落葉與她相伴。

我們一起躺下，聽她訴說自己的故事。她長我兩歲，故鄉是廣島。她說：「我是個有丈夫的人呢。他早前在廣島開了家理髮店，去年春天，我們相偕離家逃來了東京，可他來到東京後不務正業，不久就因詐欺罪被關進牢裡去了。我天天去給他送東送西的，從明天起，我不去了。」不曉得為什麼，我向來對女人的身世毫無興趣，不知道是因為女人講話不精彩，還是說得沒要領，總而言之，我通常都是左耳進右耳出。

好寂寞。

我期待女人對我喃喃說出這一句，而不是絮叨自己的遭遇，如此更能讓我感到心有戚戚。奇怪的是，我從未聽過任何一個女人對我說這句話。不過，津根子儘管沒有說過一句「好寂寞」，卻有一股無聲的寂寞，宛如厚約寸許的氣流一般，圍裹著她的身軀。當我依偎著她，那股氣流也會把我裹住，與我自己那帶刺的憂鬱氣流均勻地交融在一起，使我的身軀得以像「落在水底岩石的枯葉」一般，遠離恐懼與不安。

這和躺在那些白痴娼妓的懷裡安然入睡的感覺完全不同（最明顯的是，那些賣淫婦個性開朗活潑），與詐欺犯的妻子共度的這個夜晚，對我來說是幸福的（在我整篇札記之中，像這樣毫不猶豫、毅然寫下如此誇張的語彙，這應該是唯一一次）解放之夜。

然而，就只有這麼一夜。早晨醒來，我一骨碌起床，又變成原來那個膚淺的偽裝小丑了。懦夫連幸福都懼怕，就連棉花也能傷害他。趁著還沒受傷，我照例布下了耍寶煙幕，急著趕緊離開。

「俗話說『錢在人情在，錢了緣分盡』，這句話的意思其實被人弄反了。根據《金澤大辭林》上面的解釋，它的意思不是說男人的錢花完了就會被女人拋棄，而是說男人一旦沒錢就會意志消沉，變得窩囊，連笑聲都虛弱無力，脾氣變得古怪，最後乾脆自暴自棄，主動提出分手，幾乎像瘋子一樣拚命把女人往外趕。可憐的男人，我也頗有同感呢。」

我記得自己當時像這樣說了蠢話，把津根子逗得哈哈大笑。我心裡琢磨著不好在別人家耽擱太久，臉也沒洗就告辭了。沒想到，我那時隨口說的「錢在人情在，錢了緣分盡」，後來竟然引發了意外的事端。

此後一個月，我沒再去見那一夜的恩人。道別之後，隨著時光流逝，漸漸沖淡了那一天的喜悅，反而是一夜之恩使我倍感惶恐，自己給自己一種莫名的束縛，就連那天在酒館裡的帳單是由津根子結清的俗事，也耿耿於懷了。我開始覺得，津根子終究和房東的女兒，以及女子高等師範學校的那個女人一樣，統統會對我造成威脅，所以即便相隔遙遠，我還是害怕津根子，再加上我深信，若是與那些曾經睡過的女人再次遇見，她們必定會對我大為光火，因此一直很怕與她們重逢，基於這個原因，我更不敢靠近銀座那一帶了。不過，我這種軟弱的性格，絕不是因為狡猾，而是我還不大理解一種不可思議的現象：女人的生活方式是把晚上睡覺以後的事，和隔天早晨醒來之後的事，徹徹底底地分開來，將它俐落地切成了兩個不同的世界，忘得一乾二淨。

十一月底，我和堀木在神田的攤子上喝便宜酒。喝完以後，這個壞朋友直嚷著再找一個地方喝，可是我們兩個身上都沒錢了，他依然吵著非喝不可。這時候的我大概是仗著酒膽，竟對他說道：

「好，既然你想喝，那我就帶你去一個夢幻國度，去一個讓你大開眼界的酒池肉林……」

「是酒館嗎？」

「對。」

「走吧！」

就這樣，我們兩人一起搭上市營電車。堀木十分興奮地對我說：

「我今天晚上很需要女人！可以讓我親陪酒女郎吧？」

我平素不大喜歡堀木喝醉後的那種醜態，堀木自己也知道，所以又補問一句：

「可以吧？那我真的親囉？我一定會親坐在我旁邊的陪酒女郎給你瞧瞧！可以吧？」

「應該不要緊吧。」

「好極啦！我真的很想要女人啊！」

我們在銀座的四丁目下車，走進了那家大酒館，亦即我所謂的酒池肉林。我身無分文，唯一的希望只有津根子。我和堀木挑了一處空著的包廂相對而坐，津根子和另一個陪酒女郎立即跑了過來。另一個陪酒女郎往我身邊一坐，津根子則是一屁股坐在堀木的旁邊，這舉動令我愣了一瞬——等一下津根子就會被堀木吻上了！

那並非一種不捨的感受。我的占有欲本來就不強，況且即便覺得有些不捨，我也沒有力量挺身抗爭，主張所有權。甚至於日後的某一天，我眼睜睜看著姘居的妻子遭人玷汙，竟然連出聲喝止都沒有。

我盡量不去介入人際間的糾紛。我懼怕被捲入那種漩渦之中。津根子與我不過是在一起過了一夜。津根子不是我的女人，我豈可有不捨的非分之想？饒是如此，我仍是心頭一驚。

津根子就在我眼前被堀木猛烈強吻。我很同情她的遭遇。津根子被堀木調戲之後，大概不能和我在一起了，況且我也沒有足夠的熱情挽留津根子。唉，我們的關係就此結束了。有那麼一剎那，我為津根子的不幸愣了一瞬，旋即又船過無痕般死了這條心，來回打量著堀木與津根子的面孔，冷冷地笑了。

沒想到，事情的發展卻比我想像的還要糟。

「算啦！」堀木撇著嘴啐道，「我雖想要女人，可瞧瞧長得這副窮酸樣，說什麼我也沒辦法了……」

堀木似乎說不下去了，雙臂抱胸，直瞅著津根子打量，無奈地笑了。

「給我酒。我沒錢。」

我低聲對津根子說道。此時此刻，我真想喝個酩酊大醉。從世俗的眼光看來，津根子的確是一個連讓醉漢親吻都不配的貧窮醜女。這個我從沒想過的事實宛如晴天霹靂，重重地朝我劈落而下。我仰頭灌下了一杯又一杯。我從不曾喝過這麼多酒，醉得一塌糊塗，然後和津根子四目相望，交換了一個戚然的微笑。經堀木這麼一說，我發覺她果真是個疲憊不堪又渾身窮酸的女人，然而一種同為窮人（我至今依然認為，貧富階級的衝突儘管是個老話題，卻是戲劇作品永恆的主題）的同病相憐在我心口澎湃，頓時覺得好想疼惜津根子，有生以來第一次感受到自己這顆心為了愛情而積極地搏動，雖然並不是很明顯。我吐了，吐得不省人事。這是我頭一次喝到爛醉如泥。

等我醒過來時，枕邊坐著津根子。原來我睡在本所區木匠家二樓的房間裡。

「你說過『錢在人情在，錢了緣分盡』，我還以為是開玩笑的，原來是真心話，之後就真沒來過了。要斷緣分，也沒那麼容易呀。我掙錢養你，不行嗎？」

「不行。」

津根子也跟著睡了。黎明時分，從她口中第一次提到了「死」這個字眼。她早已被生活折磨得筋疲力竭，而我一想到自己對世間的恐懼與煩惱，以及金錢、地下運動、女人、學業等等，實在活不下去了，沒多想便答應了她的提議。

然而當時我對「尋死」還沒真正做好準備，潛意識以為那是某一種「遊戲」。

當天上午，我和她在淺草的六區[9]隨意逛遊。我們走進一家咖啡廳，點了牛奶喝。

「妳去結帳吧。」

我站起身，從袖兜裡掏出小錢包打開一看，裡面僅剩三枚銅板。一種比羞恥更屈辱的情緒湧了上來，腦中立刻浮現了自己仙遊館的那個房間，那個除了制服和被褥，再也沒其他東西能拿去典當的荒涼房間，而其餘的家當，就只有此刻穿在身上的這件碎白花紋和服及斗篷了。這時候，我清楚地明白了這就是我的現實，我再也活不下去了。

瞧見我不知所措的模樣，她也跟著起身，朝我錢包裡探了一眼。

「咦，就剩這麼點錢？」

這句話雖是無心，卻刺痛了我，並且深入骨髓。更因為這是我第一次愛上的人說出來的話，愈發刺痛了我。沒有更多，也沒有更少，就這麼區區三枚銅板，根本連個數目都算不上。我這一生還不曾受過這種詭異的屈辱，那是一種根本沒資格苟活於世的屈辱。說到底，我當時心底以為自己仍是個有錢人家少爺。就在那一刻，我才真正下定了決心尋死。

那天夜裡，我們去鎌倉跳了海。她說，身上的腰帶是向店裡的朋友借的，於是解下來疊妥，擺在岩石上，我也脫下斗篷，和腰帶擱在一塊，然後兩人一同跳進海裡。

女人死了，只有我單獨獲救。

由於我還是高校生，加上父親的名字多少有些新聞價值，這起事件在報上占了

⑨位於今日東京都台東區淺草觀音堂西南邊，當時流行的大眾娛樂場所均集中於此，包括電影院與曲藝場等等。

相當大的版面。

一家位於海邊的醫院收治了我，老家趕來了一位親戚幫忙收拾善後，告知我父親及全家人都極度震怒，或許會把我逐出家門，講完之後就回去了。我當時根本無心顧及自己，成天哭哭啼啼的，滿腦子思念著死去的津根子。在歷來的女人當中，我只喜歡那個窮酸樣的津根子一個。

房東的女兒捎來了一封長信，裡面滿滿地寫了五十首短歌。這五十首短歌一律是以「為我活下去嘛」這肉麻的文詞作為開頭第一句。護士們經常喜笑滿面地來找我玩，有些護士臨走前總要使勁捏捏我的手才離開病房。

那家醫院診察出我的左肺功能異常。這對我來說，簡直是一樁天大的好消息，因為不久後，警察以「協助自殺罪」的罪名把我從醫院帶走，並由於這個理由將我這個病人另外收容於警局的保護室裡。

保護室的隔壁是值班室。當天深夜，一位年邁的警察伯伯值大夜班，他輕輕打開房門，朝我喚了一聲：

「喂！很冷吧？過來這邊烤個火。」

我故作垂頭喪氣地走進值班室，坐在椅子上湊近火盆。

「還在想那個死掉的女人吧？」

「是的。」

我刻意以低得幾乎聽不到的聲音回答。

「這也是人之常情。」他逐漸端出了官架子，擺出一副法官的架勢問道，「第一次是在哪裡和那個女人發生關係的？」

他當我只是個小孩，想在這個百無聊賴的秋夜裡尋些樂子，於是裝扮成調查主任的模樣，企圖向我問出一些猥褻的供詞。我立刻察覺他的用意，好不容易才忍住沒笑出聲來。我雖曉得自己有權利拒絕回答這位警察伯伯的「非正式詢問」，但為了給這漫長的秋夜來點餘興，我從頭到尾裝作老實樣，彷彿深信他就是調查主任，並認為刑罰的輕重也是由他決定的，在拿捏好分寸之下盡可能展現我的誠意，提供能夠滿足他好色之心的「陳述」。

「唔，這樣我大致知道了。只要你一切照實回答，我也會酌情處理的。」

「感激不盡，望請多多關照！」

我這晚的演技簡直出神入化，但這場賣力的表演根本對自己沒有半點好處。天亮以後，我被警察局長叫了過去。這次是正式的調查。

局長室的門打開，我才剛踏進去，局長就開口了：

「哦，長得真英俊！這不是你的錯，該怪你母親把你生得這般英俊！」

這位年輕的局長膚色微黑，看起來像是讀過大學的。這突如其來的一番話，頓時令我覺得自己像是患了半邊臉長滿醜陋紅斑的殘疾，感覺很悲哀。

這位貌似柔道選手或劍道選手的局長，詢問方式毫不拖泥帶水，比起那位老警察在深夜裡窮追猛問的好色「詢問」，根本是天差地別。詢問結束後，局長一邊整理要移送檢察署的文件，一邊問道：

「你要養好身體才行。咳血了吧？」

這天早上我咳得有些厲害，一咳就拿手帕掩嘴，手帕上沾染了雪霰般的血珠子。其實那不是從喉嚨裡咳出來的血，而是昨天晚上我摳弄耳朵下方那顆小瘤子時流的血。我忽然覺得，在這件事上打迷糊仗，可能對我比較有利，於是眼目低垂，態度規矩地回答道：

「明白了。」

局長寫完文件，對我說道：

「起訴與否，必須由檢察官大人決定。你最好打個電報或電話通知你的保證人，請他今天到橫濱檢察署一趟。你總有個監護人或擔保人吧？」

我突然想起來，我學校的擔保人是個姓澀田的書畫古董商。他和我們同鄉，常來父親的別墅，對父親百般奉承。這個矮胖的男人年紀已上四十，至今尚未成家；他的面孔，尤其是眼睛一帶，長得很像比目魚，所以父親喚他「比目魚」，我也跟著這麼叫了。

我向警察借來電話簿，查到比目魚家的電話號碼，撥了電話拜託他到橫濱檢察署一趟，沒想到比目魚簡直變了個人似的，講話口氣傲慢得很，最後總算答應跑一趟了。

「喂，馬上消毒那台電話機！他都已經咳血了。」

我又被帶回保護室坐下之後，還聽到局長拉開嗓門，吩咐部下們務必消毒電話機。

中午過後，警察拿一條細麻繩綁在我身上，並且准許我披上斗篷遮掩。一個年輕警察緊緊握住麻繩的另一端，領著我一起搭電車前往橫濱。

然而，我非但沒有感到不安，倒是捨不得離開警察局的那間保護室和那位老警察。唉，我怎麼會淪落到這般景況呢？眼下被當成罪人綁起來，反而讓我如釋重負，情緒也平靜下來了。現在寫到當時的這段回憶，心情同樣輕鬆又自在。

但是，在那一段懷念的記憶裡，僅僅有過一次冷汗直淌的失算，那是我一輩子都不會忘記的慘痛教訓。我在檢察署一個昏暗的房間裡接受了檢察官簡短的訊問。檢察官年紀約莫四十，看起來穩重大方（如果說我長得英俊，肯定是一種邪氣的俊美，這位檢察官則可說是相貌端正、睿智而寡言），因此我對他毫無戒心，心不在焉地回話。突然間，我又咳起來了，便從袖兜裡取出手帕，無意間瞥見上面的血跡，陡然心生一計，膚淺地以為這次咳嗽或許也能撈到什麼好處，於是又誇張地多咳了兩聲，拿手帕捂著嘴，抬眼往檢察官臉上一溜。就在這一瞬間，檢察官淺淺地笑了一下：

「這是真咳嗎？」

我倏然冒出一身冷汗，……不，即便此時回想起來，仍被嚇出一陣天旋地轉。讀中學時，當那個傻瓜竹一戳了戳我的後背，說我是「故意摔的、故意摔的」，我當時覺得像被一腳踢下地獄去；假如說這一次受到打擊遠遠超過當時，亦絕不言過其實。那一次和這一次，是我演技生涯中最嚴重的兩大敗筆。我有時想想，寧願被判處十年徒刑，也好過受到檢察官面帶微笑的侮辱。

我最後被處以緩起訴處分，心裡卻沒有一絲喜悅。我坐在檢察署休息室的長凳上，等著保證人比目魚來帶我走，感覺一切都已離我遠去。

從後方的高窗望出去，一群海鷗排成「女」字，在滿天紅霞中飛向彼方。

「世人」到底是什麼呢？
是「人」這個字彙的複數形嗎？
哪裡看得到世人的實際樣貌呢？

世間とは、いったい、何の事でしょう。
人間の複数でしょうか。
どこに、その世間というものの実体があるのでしょう。

札記三之一

竹一的兩個預言，一個應驗了，一個失準了。「女人一定會看上你的」這個不名譽的預言兌現了，但是「你一定會成為一個了不起的畫家」這個充滿祝福的預言卻落空了。

我只成為一個沒沒無聞的差勁漫畫家，專給三流雜誌社供稿。

鎌倉的殉情事件發生後，我被高校開除了，此後搬到比目魚家二樓一個三鋪席房住下。老家每個月寄一點點錢來，不是直接給我，而是悄悄寄給了比目魚（好像還是兄長們瞞著父親捎來的）。這微薄的生活費，便是老家與我僅存的關係了。比目魚總是一臉不高興，任憑我露出討好的笑容，他也沒有表情回應。人們怎能如此輕易地說變就變，翻臉比翻書還快呢？這樣的轉變實在卑鄙無恥，不，根本是滑稽可笑了。

「不可以出門喔！無論如何，請千萬別到外面去！」

比目魚老是對我這番耳提面命。

他似乎擔心我又去自殺，也就是說，他認為我恐怕會步上津根子的後塵，跳海輕生，因此嚴格禁止我外出。我沒酒喝、沒菸抽，從早到晚就這麼縮在二樓三鋪席房的被爐裡翻一翻舊雜誌，傻乎乎地過日子，連自殺的力氣也沒了。

比目魚的家位於大久保醫專附近，雖然掛著一面「書畫古董商　青龍園」字樣的招牌，神氣十足，其實只占了這棟雙併屋裡的一戶，店鋪門面窄小，裡面處處積塵，堆的全是破爛貨（比目魚的生意本就不是買賣店裡這些破爛貨，而是靠著仲介大老闆們的收藏品交換轉讓，從中獲利）。他幾乎從不坐在店裡，多半一早就板著臉匆匆出門，店鋪交給一個十七、八歲的小伙計看顧。這個小伙計一得空便跑去和附近的孩子們練習投接球。他也負責監視我，拿我當在二樓吃閒飯的傻子或瘋子，還學著大人對我訓話。我不善與人爭辯，通常佯裝身倦體乏，對他絕對服從，或是一臉佩服的表情洗耳恭聽。這小伙計是澀田的私生子，由於某些不可言說的隱情，彼此未以父子相稱，澀田至今單身未娶，恐怕也與這件事脫不了關係。我以前曾聽家裡人提起相關的傳聞，但我對別人的過去向來沒什麼興趣，所以並不清楚細節為何。不過，那小伙計的眼神總讓我聯想到魚眼珠，也許的確是比目魚的私生子。……倘若真是如此，這對父子倒是挺可憐的。他們常趁著深夜叫來蕎麥麵，也不邀人在二樓的我，就這麼悶聲不響地逕自享用。

比目魚家慣常是由這個小伙計張羅三餐。要給我這二樓寄居客的飯菜，通常擺在托盤裡由小伙計一日送三趟上來，比目魚和他則在樓下潮濕的四鋪席半房間慌忙扒飯，吃得碗盤乒乓作響。

三月底的一個黃昏，比目魚大概發了一筆意外之財，或是找到其他的生財管道（就算兩項都猜對了，箇中玄妙恐怕也不是我輩之人能想得到的），他破例邀我下樓同桌用餐，桌面難得擺上了酒壺和生魚片，並且不是廉價的比目魚，而是昂貴的鮪魚，這豐盛的饗宴連做東道的主人自己也大為讚嘆，還向愣坐在桌前的我敬了酒。

「你接下來有什麼打算？」

我不作聲，從桌上的盤裡夾起一片沙丁魚乾，望著小魚們銀白色的眼珠子，醉眼漸漸朦朧。我懷念起那些恣意兜轉的時光，甚至想念堀木。我是多麼的渴望「自由」，淚水幾乎要落了下來。

太宰治

札記三之一

自從我搬進這裡之後，連扮小丑的氣力都沒了，只是成天懶躺著，任由比目魚和小伙計投來蔑視的眼光。比目魚似乎沒打算找我長談，而我也不想追著他講心事，所以絕大部分時間，我總是一臉傻樣地待在屋裡無所事事。

「所謂的緩起訴處分，也就是不會留下前科紀錄，只要你下定決心，就可以重新做人。如果你願意改過向善，找我認真商量，我可以考慮幫你一把。」

比目魚講話的方式，不對，應該說世上每一個人講話的方式，都像這樣拐彎抹角、模稜兩可，彷彿為了規避責任而故意說得微妙而複雜，至於隱含在話中無謂的高度警戒，以及數不清的推拉策略，我從來都沒弄懂過，最後乾脆兩手一攤，不是嘻皮笑臉打哈哈，就是三緘其口點頭允諾，一切交由他們拿主意，也就是謹守輸家的本分。

過了很多年以後我才恍然發覺，要是當時比目魚能簡單明瞭地告訴我下面這段話，就不會發展成那麼複雜的事態了。比目魚的過度謹慎，不，應該說是世人莫名其妙的虛榮心和要面子，實在讓我分外鬱悶。

真希望比目魚那時候是這樣對我說的：

「公立學校或私立學校都行，總之從四月份起，你得回學校讀書！只要你肯上學，老家就會寄更多生活費來，夠你用的。」

很久以後我才得知老家當時有那樣的打算，而我也該會接受那種安排。一切都怪比目魚太過小心翼翼、迂迴曲折的講話方式，挑起了我的反抗心態，導致我的人生走上了另一條路。

「不過，如果你沒打算認真找我商量，那我也幫不上忙了。」

「商量什麼？」

我真的完全聽不懂他話中之意。

「你自己心裡有底吧？」

「比方說？」

「比方說，你接下來打算怎麼辦？」

「你覺得我應該去工作嗎？」

「我不是那個意思，我是問你自己究竟是怎麼想的？」

「可是，就算我想上學……」

「上學的話，當然需要錢。不過，問題不是錢，而是你想怎麼做。」

他為什麼不明明白白地告訴我「老家會寄錢來」？只要聽到這句話，我就能安心做決定了，可他偏要讓我如墜五里霧中！

「怎麼樣？未來有沒有什麼志向？收留一個人有多辛苦，被收留的人可是無法想像的。」

「對不起。」

「那可真讓人操心得很。我既然答應了收留你，也不希望看到你稀里糊塗地過日子，就盼著你能醒悟過來，改過自新。如果你能主動和我認真商量未來的計畫，我也願意給你出個意見。不過，你可別指望我這條窮兮兮的比目魚，能幫你過上以前那樣的好日子。但是，如果你真的下定決心，對未來做好明確的規畫，然後來問我的意見，儘管我拿得出來的資金不多，可為了你的重新出發，我願意幫幫你。我的這番苦心，你懂了沒？所以說，你接下來打算怎麼辦？」

「如果不能繼續讓我住在二樓，我就出去工作……」

「你是真心想那麼做，還是隨口說說的？這年頭，就算是帝國大學的畢業生，也……」

「不，我沒想過去坐辦公室。」

「那要做什麼？」

「畫家。」

我牙一咬，豁出去了。

「啥？」

我永遠不會忘記比目魚縮著脖子訕笑、臉上透著一抹狡猾的那一幕。那表情也流露出幾分輕蔑的影子，或者說，假如把世間比作汪洋，那種奇妙的影子好像就在海底深淵裡搖曳飄擺。那是能在成年人生活的背後窺見的一抹笑意。

「別胡鬧了，這樣根本談不下去。你還在天馬行空亂想一通，好好想點有用的，今天晚上好好想一想！」

比目魚扔下這段話，就把我攆回二樓了。任我輾轉反側，也沒想出別的好法子。想著想著，就這麼到了破曉時分，我從比目魚家逃了出去。

「我傍晚一定回來。我去找寫在後面的這位朋友商量以後的計畫。請不必擔心，眞的不必擔心。」

我在便箋寫上偌大的鉛筆字，還留下了堀木正雄的名字和位於淺草的住址，偷偷溜出了比目魚家。

我不是因為氣不過比目魚的訓話才逃跑出來的。比目魚說得沒錯，我這個人確實天馬行空、浮想聯翩，對未來完全沒有計畫，如果再繼續留下來當個吃閒飯的，未免對不起比目魚。萬一我真的發奮圖強，立定了志向，一想到那個貧窮的比目魚每個月都得拿錢出來資助我，實在不忍心，根本待不下去了。

不過，我離開比目魚家，並不是真的打算找堀木商量「未來的計畫」。這麼做的理由是，哪怕只有一點點也好、只有一小段時間也好，希望能讓比目魚對我解除戒心（與其說留下字條的原因是爭取時間，以便能逃得更遠這種偵探小說式策略，不，也不能說我心底沒有動過這樣的念頭，其實更準確的說法應該是，對於自己讓比目魚大為震驚而不知所措，我嚇得不知該如何收拾這個局面。儘管事實遲早會揭穿出來，還是不敢據實以告，必須經過一番美化之後才能說出口，這是我性格中可悲的一面，雖然這和世人稱為「說謊」的卑鄙性格十分相似，但我幾乎不曾為牟取個人利益而把事情加以美化，只是因為害怕氣氛突然冷場，那會讓我幾近窒息，所以明知之後的苦果得由自己承擔，仍舊照例搬出「拚命取悅大眾」的服務，即使被人扭曲而顯得微不足道又愚蠢，還是忍不住基於那種奉獻精神而美化了真相，而我的這種習慣，其實世上那些所謂的「老實人」也會趁機恣意利用），所以在留字條的時候，才會在便箋邊角寫上突然浮現在腦中的堀木的姓名和住所。

我離開比目魚家，一路走到新宿，賣掉帶在身上的書，然後就不知何去何從了。我在朋友間雖然受到歡迎，卻從來沒有感受過真正的「友誼」。且不提堀木那樣的酒肉朋友，我和任何人往來都只有痛苦，為了化解那種痛苦，我拚命扮演丑角，反而疲累不堪。縱使在大街上瞥見熟悉的面孔，哪怕只有幾分相像，我都會倒吸一口冷氣，一陣近乎暈眩的可怕戰慄猛然襲來。雖然知道大家喜歡我，我卻缺乏愛人的能力（話說回來，我非常懷疑世人是否真的擁有「愛人」的能力）。我這樣的人，怎可能會有「摯友」？況且我連「登門拜訪」的能力都沒有。在我看來，別人家的大門比《神曲》中的地獄之門還要陰森駭人，彷彿有一頭猛龍似的腥臭怪獸正躲在那扇門後面蠢蠢欲動。我絕沒誇大，而是真的感受到了。

我和誰都沒有交情。我誰家都去不了。

只有堀木了。

這才叫作假戲真做。我決定按字條上寫的，去找住在淺草的堀木。此前，我一次也沒有去找過堀木，多半都是打電報叫堀木到我這裡來。眼下我連電報費也快掏不出來了，何況我已經落魄成這副德行，單是一通電報，恐怕叫不動堀木，我於是決定挑戰自己並不擅長的「登門拜訪」，嘆著氣搭上了電車。一想到我在世上唯一的希望，只剩下堀木那傢伙，一股寒意立刻爬上了背脊。

堀木在家。他家是在一條髒舊小巷底的兩層樓屋子。二樓有個六鋪席大的通鋪房，全歸堀木使用。堀木年邁的父母和一個年輕工匠正在樓下忙著縫製木屐的帶子，有時還得敲敲打打的。

那一天，我從堀木身上見識到都市人的另一面，也就是一般所謂的老奸巨猾。那冷酷、狡猾的利己主義，看得我這個鄉巴佬瞠目結舌。原來他並不是像我這樣隨世沉浮的男人。

「真受不了你！你家老爺子原諒你啦？還沒吧？」

我沒敢說自己是偷溜出來的。

我還是照老樣子隨口敷衍。明明知道堀木馬上就會發現不對，但我還是扯了謊。

「遲早會原諒我吧。」

「喂，這可由不得你胡來。聽我一句忠告，別再幹傻事了。我今天有事要辦，這陣子忙得團團轉。」

「有事？什麼事？」

「喂喂喂，別把坐墊的線給扯斷啦！」

我說話時，手指不自覺地搓玩著身下那塊坐墊四個邊角穗子上的不知該稱作縫線還是捆繩的東西，結果被我的指頭勾了出來。但凡是家裡的東西，堀木連坐墊上的一根繩線都捨不得，為了區區這點小事就橫眉豎眼地斥責我。仔細想想，一直以來，堀木和我來往的這段日子，他從沒吃過一點虧。

堀木的老母親以托盤端著兩碗年糕紅豆湯送了上來。

「啊，您怎麼親自……」

堀木一副孝順兒子的模樣，對老母親肅敬有禮，連用字遣詞也恭敬得很不自然。

「勞駕母親了，是年糕紅豆湯嗎？您招待得太豐盛了！其實用不著那麼費心，我們得馬上出門辦事了。可是，您特意熬煮拿手的年糕紅豆湯，不吃實在太可惜，我們就不客氣享用了。你也來一碗吧。怎麼樣？這可是我母親特地為我們煮的唷！啊，這真是太好吃啦！太豐盛啦！」

他非常高興，吃得津津有味，瞧那模樣不完全像是演戲。我也啜了一口紅豆湯，卻只嘗到白開水的味道，再嘗了下年糕，可這根本不是年糕，而是一種我從沒吃過的東西。我絕沒有看不起他們家的貧窮（嘗到的那一刻，我並不覺得難吃，更深深感謝老母親的盛情款待。我心裡只有對貧窮的懼怕，沒有一絲一毫的嗤之以鼻）。那一碗年糕紅豆湯，還有因為年糕紅豆湯而無比欣喜的堀木，讓我看見了都市人節儉的本性，以及東京人家那種裡外有別的生活面貌。相較於裡外不分、一次又一次從正常的生活中逃了再逃的我，就這麼蠢兮兮地不知何去何從，此刻連堀木都對我不屑一顧，這景況令我狼狽不堪，手中斑駁的漆筷攪著紅豆湯，告訴自己要把這股淒涼牢牢地記在心底。

「不好意思，我今天還有事，」堀木起身，穿上外衣說道，「失陪啦，抱歉。」

就在此時，一位女訪客來找堀木，從此徹底改變了我的命運。

堀木立刻換上一副神采飛揚的面貌。

「哎呀，真對不起！我正打算要去拜訪您，可這傢伙突然跑來了，……沒關係，這傢伙不礙事的，請進請進！」

他似乎完全亂了方寸。我讓出自己的坐墊，翻了面遞給他，他一把搶過去，糊塗地又翻了一次，趕緊招呼那位女客就座。房裡除了堀木的坐墊以外，只多一張坐墊給客人用。

這位女客身形高瘦。她把坐墊挪到旁邊，在房門邊的角落坐了下來。

我愣怔地聽著他們兩人交談。女客似乎在雜誌社工作，看樣子不久前委託堀木畫了插圖還是什麼的，今天是來拿稿子的。

「這稿子趕著用……」

「已經畫好了！早就畫好了！在這裡，您請過目。」

這時，來了一通電報。

堀木讀了電報，興奮的臉色漸漸沉了下來。

「啐！你倒是說說，這是怎麼回事啊？」

原來是比目魚打來的電報。

「別多說了，你馬上回去。我要能送你回去就好了，可我現在實在沒空。瞧你，離家出走的人還一臉優哉游哉的！」

「您住在哪裡？」

「在大久保。」

我沒多想就回答了。

「那裡離敝社不遠。」

這位女客告訴我，她是甲州人，今年二十八歲，和將滿五歲的女兒住在高圓寺的公寓裡，丈夫過世快三年了。

「您人挺機靈，看得出來成長過程吃了不少苦，真可憐。」

從這天起，我第一次活得像個男妾。志津子（這是那位女記者的名字）去新宿的雜誌社上班時，我就和她那個名叫繁子的五歲女兒一起看家。以前母親外出時，繁子只能到公寓管理室裡玩，現在有了一個「機靈」的叔叔陪著玩，自然高興極了。

我在那裡迷迷糊糊地待了一個星期。公寓窗戶旁的電線上掛著一只武僕風箏⑩，在沙塵滾滾的春風吹襲下，風箏破損不堪，卻仍是緊巴著電線不肯離去，還兀自頻頻點頭似的。這景象每每讓我忍不住苦笑起來，面頰發燙，甚至還到睡夢中魘得我發出呻吟。

「我想要點錢。」

「……要多少？」

「很多。……俗話說『錢在人情在，錢了緣分盡』，果真一點不假。」

「別犯傻，那不過是句老話而已……」

「是嗎？不過，妳不會明白的。再這樣下去，我說不定會逃離這裡。」

「真是的，我們兩個到底是誰比較窮呀？又是誰才應該逃之夭夭呢？好奇怪哦。」

「我想用自己賺來錢的錢買酒，不，是買菸。就拿畫畫來說吧，我自認比堀木畫得好多了！」

這時候，我腦海裡不禁浮現中學時代畫的那幾張自畫像，也就是竹一說的「魔鬼的畫像」。經過幾次搬家，那些傑作已經遺失了。我認為只有它們堪稱了不起的畫作。之後我又畫過不少主題，卻遠遠不及那幾幅記憶中的精心之作。失去了它們之後，我心裡十分空虛，始終難以走出那股倦懶的失落感。

一杯半剩的苦艾酒。

我一直悄悄地這樣形容那種永遠無法填補的失落感。每回提到繪畫的話題，那杯半剩的苦艾酒便會在我眼前倏忽乍現。我又急又氣，哎，真想把那些畫給她瞧瞧，讓她相信我有繪畫天分！

「嘻嘻，真的假的？瞧你一本正經的樣子說笑話，好可愛！」

我沒在開玩笑，是認真的！哎，真想把那些畫拿給她瞧瞧！我滿肚子悶氣，忽然間改變主意，決定換個方式試試。

「漫畫嘍，至少我漫畫比堀木強哦。」

這種半開玩笑的語氣，她反而認真聽進去了。

「也對，老實說，這方面你畫得真好。你平時畫給繁子的那些漫畫，連我看了

⑩風箏的形狀與圖案為武士家僕張袖站立的模樣。

都忍不住笑出聲來。你要不要試著畫畫看？我可以拜託我們總編給你一個機會。」

那家雜誌社發行一本沒什麼名氣的兒童月刊。

「……多數女人看到你，都會忍不住想為你做些什麼。……你成天惶惶不安，卻又幽默風趣。……有時候看你一個人抑鬱寡歡的，那模樣讓女人更是怦然心動。」

志津子還舉了很多其他的例子，可一想到，那些讚美不巧正是男妾低賤的標誌，我愈發「抑鬱寡歡」，無精打采了。我暗自忖思，自己現在最需要的是錢，而不是女人，希望逃離志津子這裡並且自食其力。我朝著這個目標努力過，結果反而更加依賴志津子，包括離家出走之後所有的事情，全都由這位不讓鬚眉的甲州女子一手善後，以致於我在志津子面前不得不「俯首帖耳」了。

經過志津子的周旋，比目魚、堀木以及志津子三人達成了和議，我與老家徹底斷絕關係，從此「正大光明」地和志津子同居了。此外，多虧志津子多方交涉，我的漫畫也意外賣了些錢，總算可以自掏腰包買酒買菸了。但是，我的惶恐和煩悶卻與日俱增，意志愈來愈消沉，每個月為志津子的雜誌繪製連載漫畫《金太先生和尾太先生歷險記》時，總會思念起故鄉的老家。這煎熬的孤寂使我再也畫不下去，甚至曾經難過得低頭流淚。

每逢這樣的時刻，能夠聊以寬慰的只有繁子了。繁子那時已經毫不忌諱地喚我「爸爸」了。

「爸爸，聽說只要禱告，神明什麼都會答應我，真的嗎？」

看來，我應該要好好禱告了。

神啊，請賜予我沉著的意志！請告訴我「人」的本質！人們排擠別人，難道不是罪過嗎？請賜予我一張憤怒的面具！

「嗯，沒錯，無論繁子想要什麼，神明統統都會答應的，可是爸爸恐怕就求不到了。」

我連面對神都會感到害怕。我不相信神的愛，只相信神的懲罰。信仰。我覺得信仰的目的不過是低著頭走向審判台，接受神的鞭刑罷了。縱使我相信世上有地獄，也絕不相信存在著天國。

「為什麼求不到呢？」

「因為爸爸沒聽父母的話。」

「是哦?可是大家都說,爸爸是個大好人呀?」

那是因為我欺騙了大家。我知道這公寓裡的住戶都對我很和善,然而,我卻非常怕他們。我愈害怕,他們對我愈和善,而他們愈對我和善,我就更是怕他們,非得躲得遠遠的才行。但是,要把這種不幸的怪癖講給繁子聽懂,我想大概比登天還難。

「繁子到底向神明求了什麼呢?」

我隨口換了個話題。

「繁子呀,想要一個真正的爸爸嘛。」

我心頭一怔,一陣暈眩。敵人。究竟繁子的敵人是我?抑或我是繁子的敵人?總之,這裡也有一個令我恐懼的可怕大人。另一個人,難以理解的另一個人,滿是謎團的另一個人——剎那間,繁子的臉變成了另一個人。

原以為唯獨繁子絕不會對我造成威脅,沒想到她身上居然也有一條足以「突然拍死牛虻的牛尾巴」。那天之後,我連在繁子面前也不得不「俯首帖耳」了。

「色鬼!在嗎?」

堀木又開始來找我了。即便在我逃離比目魚家的那一天,他曾經那麼冷酷無情地對待過我，可我依然無法拒他於門外，只好淺淺一笑，歡迎他的到來。

「聽說你的漫畫很受歡迎哦？真受不了，業餘的就是不知天高地厚，膽邊生毛。不過，可千萬不能掉以輕心，你的素描底子實在太差啦！」

他竟敢在我面前擺出大師的架勢。要是我把那些「魔鬼的畫像」拿給他看，真不曉得他會是什麼樣的表情！我又像往常一樣胡思亂想了。

「話別說得那麼難聽嘛，我可要放聲哀嚎嘍。」

堀木聽了，反而說得更加起勁了：

「如果只有在社會打滾的才華，早晚會露餡的。」

在社會打滾的才華。……我真的只有苦笑以對了。我居然擁有在社會打滾的才華！難道在別人眼裡，我這種害怕人類、逃避和敷衍的人，竟與奉行「多一事不如少一事」那句狡猾聰明的俗諺箴言的人，看起來是一樣的嗎？哎，莫非人們就是這樣？其實對彼此根本不瞭解，就算有天壤之別仍當對方是摯友，卻一輩子都不曾覺察出雙方的差異，直到對方死了，還會為他涕泗縱橫地誦念悼詞。

畢竟堀木是在我離開比目魚家之後，幫忙收拾殘局的其中一人（儘管肯定是在志津子的強力請託之下才勉強答應接下的），他於是當自己是幫助我重生的大恩人以及締結良緣的月下老人，一臉道貌岸然地對我說教，有時喝得醉醺醺的三更半夜登門借宿，要不就是來找我借用五圓（總是五圓，沒一次例外）。

「我說你呀，別再到處拈花惹草啦。再玩下去，世人可不會原諒你。」

「世人」到底是什麼呢？是「人」這個字彙的複數形嗎？哪裡看得到世人的實際樣貌呢？我從小一直當它是一種強大、嚴苛，並且可怕的東西，現在被堀木這麼一說，幾乎忍不住要脫口大罵：

「說什麼世人呢，不就是你嗎？」

但話到嘴邊，又擔心惹惱堀木，只得吞了回去。

（世人可不會原諒你。）

（不是世人，而是你不原諒吧？）

（要真那麼做，世人會嚴厲處罰你。）

（不是世人，而是你吧？）

（世人很快就會讓你死無葬身之地。）

（不是世人，讓我死無葬身之地的是你吧？）

（你給我看清楚了，看看你自己有多麼可怕、古怪、凶狠、狡猾、妖邪！）

無數的自問自答在我腦海裡衝來飛去，我卻只是拿手帕抹一抹汗濕的臉龐，笑著連聲答道：

「汗顏、汗顏！」

然而，從那次之後，我開始有了一種想法，或許也可以稱之為思想——世人，不就是一個人嗎？

自從我覺得「所謂的世人，也就是一個人」之後，變成比較能按照自己的想法做事了。套用志津子的話，她說我變得比較任性，不再像以前那樣惶惶不安了；套用堀木的話，他說我突然吝嗇起來了；再套用繁子的話，她說我不再像以前那樣寵她了。

我變得沉默寡言，不再笑口常開，每天利用照顧繁子的空檔趕稿。我接下幾家出版社的邀約（慢慢地，除了志津子的雜誌社以外，其他出版社也開始向我邀稿了，但全部都是比志津子那一家更沒有格調的三流出版社），畫一些諸如《金太先生和尾太先生歷險記》、儼然是《悠哉老爸》仿作的《悠哉和尚》，以及《急驚風的阿品》等連載漫畫，這些作品單看標題就讓人自慚形穢，連我都覺得莫名其妙。我心不甘情不願，畫得慢條斯理（我作畫的速度算是相當緩慢），只想藉此賺點酒錢。一等志津子從雜誌社回到家，我立刻沉著臉出門，在高圓寺車站附近的攤子或是小酒吧間喝便宜的烈酒，喝到心情好一些後才返回公寓。

「妳的臉真是愈看愈奇怪呢。老實說，悠哉和尚那張臉，就是從妳睡覺時的模樣得到靈感的喔。」

「你睡覺的時候看起來也特別老呢，簡直像四十歲的男人。」

「那得怪妳呀，都是被妳榨乾的。……命運恰似東流水[11]……，河畔楊柳何須愁[12]……」

「別瞎鬧了，早點休息吧。還是要吃些飯醒醒酒？」

她不慌不忙，只當我酒喝多了講胡話。

「有酒的話，我倒願意喝兩杯。……命運恰似東流水……，流水恰似……不對，命運恰似西流水……」

我哼哼唧唧的，讓志津子幫我脫掉衣服，額頭緊貼著她的胸脯呼呼大睡。這就是我的每一天。

明天，還是一樣依循
昨天不變的規則就行。
不要享受狂喜狂樂，
不怕大悲大痛臨頭。
攔阻去向的石頭，
蟾蜍會繞道而行。

當我讀到由上田敏[13]翻譯夏爾．克羅[14]的這首詩時，整張臉頓時紅得像著了火。

蟾蜍。

⑪出自歌舞伎劇目《松浦太古》裡的知名台詞。
⑫出自一首都都逸格律的詩作，作者不詳。
⑬由上田敏（一八七四～一九一六），日本作家、評論家與翻譯家，精擅英文，譯過許多重要外語著作。
⑭Charls Cros（一八四二～一八八八），法國詩人與發明家，曾參與象徵主義運動。

（詩裡說的就是我。已經無所謂世人對我原諒或不原諒、有葬身之地抑或沒有葬身之地了。我根本是貓狗不如的動物。蟾蜍。一隻拖拉磨賴的蟾蜍。）

我酒喝得愈來愈凶。不僅在高圓寺車站附近，也到新宿、銀座一帶買醉，有時還在外頭過夜。為了不依循「不變的規則」，我在酒吧裡耍無賴，見一個親一個。總之，我又變回殉情之前的我，不，比那時候更荒唐下流的酒鬼。錢袋空了，便把志津子的衣裝拿去換錢買酒。

自從我來到這裡，終日望著那只破損的武僕風箏無奈地苦笑，轉眼間已是一年過去，又到了櫻花滿樹新綠的時節。我偷走志津子和服的腰帶和長襯衣送去典當，再帶著得手的錢到銀座喝酒，在外面連住了兩夜，直到第三天晚上身體不舒服了，這才覺得該回去公寓。我下意識地放輕腳步，悄悄走到志津子的房門前，聽見屋裡傳來志津子和繁子的交談聲。

「為什麼要喝酒呀？」

「爸爸不是因為喜歡喝酒才喝的喔，而是他做人太善良了，所以……」

「善良的人，就要喝酒哦？」

「這倒不一定……」

「……爸爸看到一定會嚇一大跳的！」

「也可能他不喜歡。妳看妳看，又從箱子裡跳出來了！」

「跟那個急驚風的阿品好像啊。」

「真的哪。」

我站在屋外，聽到了志津子由衷感到幸福的輕笑聲。

我將門打開一道細縫朝裡面窺看，原來是一隻小白兔四處蹦跳，志津子兩人在牠後面追著滿屋跑。

（母女倆好幸福啊。我這個傻瓜夾在中間，把她們的生活鬧騰得一團糟。小小的幸福。美滿的母女。哎，假如神明也願意答應我這種人的祈求，只要一次就夠了，肯求神明賜給我一生中唯一一次的幸福。）

我真想蹲下來雙手合十，向上天禱告。但是，我只不聲不響地關上門，折回銀座去了。我再也沒回去那棟公寓。

後來，我住進鄰近京橋的一家小酒吧間二樓，重又過起了男妾的生活。

世人。漸漸地，我終於隱約明白了何謂世人。那是個體與個體之間的爭鬥，並且是當場爭鬥，立分高下，勝者為王。沒有人願意服從他人，就連奴隸輸了也會基於奴隸本色，採取低賤的報復手段，所以除了當場一決勝負以外，人類不曉得還有別種生存的方式了。人們儘管打著正義的大旗，但努力的目標終究是單獨的個體，超越了這一個個體，還有另一個個體等待被超越。無法理解世人，其實就是無法理解個體。那一片汪洋大海看似世人，實則為個體。當我想通了這一點之後，就不那麼畏懼那片大海的幻影，也不再像過去那樣，對諸羅萬象一一提防憂心了。也就是說，我學會「兵來將擋、水來土掩」這種有些世故的應對招式了。

那一晚，我走出高圓寺的公寓後，來到京橋的一家小酒吧間，只對老闆娘扔了這句話：

「我離開她了。」

光憑這句話就夠了，我在那場爭鬥中勝出了。當天晚上我便大搖大擺地住進了小酒吧間的二樓。向來害怕的「世人」並沒有傷害我，而我也沒有對「世人」做任何辯解。一切端看老闆娘的意思。她沒反對，於是其他人也沒什麼好多說的。

我既像店裡的顧客，也像店老闆，當個跑腿的服務生也行，說是親戚亦無妨。在旁人眼裡，我顯然是個來路不明的傢伙，但「世人」沒對我抱持任何懷疑，而店裡的那些常客也親熱地直喚我阿葉，還邀我一同喝兩杯。

我對這個世界慢慢放下了戒心。我逐漸覺得所謂的世界，好像沒那麼可怕了。打個比方，我以往的恐懼，其實是出自於「對科學的迷信」，例如我擔心春風挾帶著數十萬百日咳的細菌，我擔心澡堂裡充斥著數十萬會造成失明的細菌，我擔心理髮店裡遍布著導致禿頭的細菌，我擔心省線電車車廂的吊環上爬滿蠕動的疥癬蟲，我擔心生魚片和烤半熟的牛豬肉裡肯定含有絛蟲幼蟲、吸蟲以及種種蟲卵。我甚至擔心赤腳走路時腳底會被碎玻璃扎到，而那塊碎玻璃會進入體內到處遊竄，最後刺中眼球，喪失了視力。的確，站在「科學的角度」，空氣中漂浮著數十萬細菌是事實；但現在我已經懂得，只要我對它們完全視若無物，它們就只不過是「科學的幽靈」，與我再也毫不相關了。有人說，假如一個飯盒裡有三粒飯沒吃完，而一千萬人每天都剩下三粒，那就相當於糟蹋了好幾大袋的米；還說如果每人每天都少用一張擤鼻涕的手紙，匯集一千萬人的力量，可以省下的紙漿簡直難以計數等等。諸如此類的「科學統計」，過去曾把我嚇得魂飛魄散，每當我吃剩一粒米飯、擤一次鼻涕時總有一種錯覺，彷彿自己浪費了如山高的米飯、如海深的紙漿，這種錯覺使我煩惱不已，認定自己正犯下不可饒恕的重罪。事實上，那根本是「科學的誇誤」、「統計的誇誤」和「數學的誇誤」。世界各地剩下的三粒米飯是不可能被蒐集在一起的，就算拿來當作乘法或除法的應用題，亦是太過原始、低能的前提假設。一間沒有燈火的廁所裡，人們一腳踩空、踏進糞坑裡的意外，每多少次會發生一次呢？省線電車車門和月台之間的空隙，在若干乘客當中會有幾位不小心掉下去呢？浪費的米飯、踏進糞坑和掉下軌道的意外，計算這些事件的或然率都是同樣可笑的。雖然這些事件確實可能發生，至少我從沒聽過有人真在廁所一腳踏進糞坑裡而受傷的。一想到直到昨天為止，我讓這種所謂「科學事實」的假設灌進大腦，全盤相信，還為此憂心忡忡，不禁對自己好笑又好氣。由此可以證明，我已經一點一滴地瞭解這個世界的真實樣貌了。

話說回來，我還是相當害怕人類。每回要去陪店裡的客人應酬時，我都得先喝下一杯酒來壯膽。畢竟要去見的是可怕的東西。雖然如此，我每天晚上還是到店裡招呼，就像小孩子喜歡逞強把害怕的小動物緊緊捉在手裡一樣。等到有了幾分醉意以後，就開始對著店裡的客人大吹大擂，侃侃談述那毫不高明的藝術論。

漫畫家。唉，我只是一個既沒有狂喜狂樂，也沒有大悲大痛的無名漫畫家。我多麼焦急地盼著享受狂喜狂樂，縱然隨之而來的是大悲大痛，我也欣然接受。無奈此時我的樂趣至多是陪陪客人閒聊，喝喝客人請的酒罷了。

來到京橋以後，我連續過了一年這樣荒唐的日子。我的漫畫不只為兒童雜誌供稿，還開始出現在車站販賣的低俗猥褻的雜誌上。我起了一個戲謔的筆名「上司幾太」（與殉情未遂同音），淨畫些齷齪的裸體圖，旁邊搭配的文字通常是《魯拜集》[15]的詩句：

切莫浪費了光陰，

⑮《魯拜集》為波斯詩人莪默．伽亞謨（Omar Khayyam，一〇四八～一一二三）的四行詩集，作者太宰治此處引用了堀井梁步（一八八七～一九三八）翻譯的《魯拜集》（『異本ルバイヤット：留盃邪土』，由英譯本轉譯）詩文，但並未注解出處，文章發表後曾經引發非議。

徒流爭辯的淚水。
一杯葡萄酒的甘甜，
忘卻那空無的憂鬱。

拿惶悚和恐懼當恫嚇的傢伙，
卻也畏怕這滔天的罪愆，
從早到晚，他腦裡不停轉動，
就怕死去的靈魂醒來復仇。

昨夜，放肆的美酒歡喜了我心，
今朝，睜開的雙眼目睹了悲淒。
爲何僅僅一晚，竟是天地之別！
誰來告訴我？

太宰治

札記三之一

放棄善惡有報的冀望！
隱隱的鼓鳴接連催逼，
遠遠地撼得他膽戰心驚。
放個屁要是有罪，統統都是十惡不赦。

正義眞是人生的信條？
若是，血流遍地的沙場，
刺客的刀刃上，
又是哪種正義銀光耀輝？

眞理該往何地找尋？
會否綻放聰慧智光？
凡間美善醜惡的所有，
孤弱的人子難以負荷。

一切只因情欲的種子無可抗拒地撒入，
一切只因遭受善惡罪罰的惡毒咒詛，
一切只因四面八方的茫茫蕩蕩，
一切只因沒得到顚覆的絕不屈服。

你在哪裡徘徊，又是如何徬徨？
你對什麼批判、探討和重新定義？
唉，寂寞的夢境，虛假的幻影；
哎，淹掉捏造的思慮，別再沉醉酒香！

看那浩瀚無際的天宇，
蒼穹底下，吾人微若蟲蟻，
何必管地球爲什麼自轉？
自轉、公轉、逆轉，由得它去！

太宰治

札記三之一

至高無上的力量，無處不在，
每一個國家，每一個民族，
人性無一不同。
莫非異端信徒，我唯獨？

人人都誤解聖經的意旨，
要不就是少了睿智和常識。
不許七情六欲，不准醉眼迷濛，
穆斯塔法，我再也無法忍受，到此爲止！

然而，那時候有個少女勸我戒酒。她對我說：
「您大白天就喝得醉醺醺的，那怎麼成呀。」
這個少女是酒吧對面那家小菸鋪的女孩，年約十七、八，肌膚白嫩，有著虎牙，大家都暱稱她小佳。每回我去買菸時，她總會笑著勸我。

「怎麼不行？哪裡不好？今朝有酒今朝醉，孩子，忘卻一切憎恨吧！——這可是古時候波斯的……，算了，總之，唯有這只醺然欲醉的玉杯，能給我那疲於悲傷的心靈帶來希望……，這樣妳懂嗎？」

「不懂。」

「臭丫頭，我要親妳哦！」

「親就親嘛。」

她毫不害臊地將下唇噘得高高的。

「傻丫頭，一點都不曉得矜持……」

小佳的表情，分明流露出一抹從沒被任何人玷汙過的貞潔氣息。

新年過後，一個凍寒的夜晚，我帶著醉意出去買菸，一個不留神竟掉進了那家菸鋪前面下水道的人孔，我大喊「小佳，救命啊」，小佳趕來把我拉上來，還幫我包紮右手的傷口。她臉上笑意盡失，語重心長地告誡我：

「您真的喝太多了。」

我並不怕死，但是完全無法忍受自己受傷流血、乃至於殘疾。在小佳幫我包紮手上的傷口時，我開始認真思索是否不該喝了。

「我不喝了。從明天起，我滴酒不沾！」

「真的？」

「我絕不再喝。小佳，等我戒了酒，妳肯嫁給我嗎？」

要她嫁給我，當然是句玩笑話。

「那當呀。」

她說的「那當」，是「那當然」的縮稱。當時十分流行各式各樣的縮稱，例如摩男啦、摩女⑯啦等等。

「好！我們來打勾勾。我一定戒酒！」

第二天，天還亮著，我又喝起來了。

到了傍晚，我搖搖晃晃地出門，走到小佳的店鋪前站著對她說：

⑯「摩男」、「摩女」為「摩登男子」、「摩登女子」的縮稱。

「小佳，對不起喔，我又喝了。」

「哎唷，說什麼嘛，假裝喝醉了來騙我。」

我心頭一怔，頓時酒醒了大半。

「不，是真的，我真的喝了酒！我沒有故意裝醉！」

「您好壞喔，別拿我尋開心了。」

她依舊深信不疑。

「妳看看我就知道了。我今天又從白天就喝了。原諒我吧。」

「您好會演戲喔。」

「這不是演戲啦！傻丫頭，我要親妳哦！」

「親就親嘛。」

「不，我沒資格親妳，也不敢奢望妳能嫁給我了。看看我的臉，紅通通的吧？因為我喝了酒啊。」

「那是因為夕陽照在您臉上呀。您想糊弄我可不成，我們昨天都說定了嘛，所以您不會去喝酒的，我們已經打勾勾了呀。還說什麼喝了酒，一定是騙人的、騙人

的、騙人的！」

小佳坐在微暗的店裡露出微笑。她那白皙的臉龐，啊，還有那全然的貞潔，多麼高尚尊貴！我至今還不曾與比自己年輕的處女同床過。讓我們結婚吧，縱然隨之而來的是大悲大痛，我也欣然接受，哪怕一生中只有一次，我不惜一切要體驗那種狂喜狂樂。我曾經以為，那不過是詩人愚蠢而天真的感傷幻影，沒想到我真的親眼見證了處子的貞潔之美。我要和她結婚，等春天來臨，兩人一起騎著自行車去看青葉瀑布⑰。我當場抱定「一舉定勝負」的決心，毫不猶豫地矢志摘下這朵美麗的花兒！

不多久，我們結婚了。在這段婚姻中不盡然得到許多快樂，但隨之而來的悲哀，單以悽慘二字還不足以形容，著實遠遠超乎我的想像。對我而言，「這個世界」畢竟還是一個深不見底的可怕之地，也絕不是可以憑著「一舉定勝負」就能不費吹灰之力，使一切問題迎刃而解的地方。

⑰日本奈良縣與靜岡縣內均有「青葉瀑布」的瀑布名勝，無法確定作者寫的是哪一處，或者是其他地方。以距離而言，東京都到奈良縣的距離，大約是東京都到靜岡縣的兩倍。

我要問眾神：信任是一種罪嗎？
天真無邪的信任，是一種罪嗎？

神に問う。信頼は罪なりや。
無垢の信頼心は、罪なりや。

札記三之二

堀木和我。

我們都看不起彼此，卻又保持往來，還同樣自甘墮落。假如這就是人世間所謂的「友誼」，那麼我和堀木的關係，可就是不折不扣的「友誼」了。

承蒙京橋那家小酒吧間的老闆娘的俠氣義助（用「俠氣」一詞來形容女人雖然不大常見，但是按我的經驗，至少在大城市裡，女人比男人更加堪稱俠氣干雲。男人大都膽小軟弱卻又好面子，還有，小氣得很），我終於和那家菸鋪的佳子同居了。我們在靠近隅田川的築地那一帶，一棟兩層樓木造公寓的一樓租下其中一間，搬了進去。我戒了酒，開始把漫畫當成正職，努力工作。我們會在晚飯後一起去看電影，回來的時候繞進咖啡廳喝點飲料，或是去買個花盆，……但是這一切都比不上這個百分之百信任我的小新娘。我真喜歡聽她說的每一句話、看她的每一個舉手投足，我甚至覺得自己愈來愈像個正常人，再也不必悲慘地死去了。正當我心裡悄悄萌生這種甜美的念頭時，堀木又出現在我的面前了。

「嘿，色鬼！咦，瞧你的模樣，好像比以前懂事嘍。我今天是奉高圓寺那位女士的差遣，專程來找你的哩！」

說到這裡，他忽然壓低了嗓門，朝著正在廚房裡沏茶的佳子那邊抬了抬下巴示意：

「給她聽到，不礙事嗎？」

「不礙事，什麼事都直說無妨。」

我神態自若地回答道。

事實上，我真想稱讚佳子這種信任別人的天賦。別說我和京橋那家酒吧老闆娘的關係了，就連我告訴她鎌倉的那起事件時，她對我和津根子的關係也沒起絲毫疑心。這不是因為我善於圓謊，有時候我根本講得再明顯不過了，可是佳子依然只當我是說笑。

「你還是一樣自視甚高哩。其實也沒什麼重要的事，只是那位女士讓我帶個話，請你偶爾上高圓寺她家坐一坐。」

昔日的事我其實都快忘了，一隻怪鳥卻在這時展翅撲來，凶狠地啄穿了那道記憶的傷疤。從前那一段段羞恥與罪惡的記憶，霎時又活生生地回到眼前，我恐懼得忍不住要放聲大叫，根本坐不住了。

「去喝一杯吧。」我說道。

「好。」堀木答道。

我和堀木。我們的樣貌十分相像，還曾被人誤認過。當然，那是發生在我們喝著便宜酒，到處遊蕩的那段時期。總而言之，我們只要湊到一塊，不消片刻就會同化成兩條體態和毛色一樣的狗，結夥在雪中的巷弄間兜轉亂跑。

重逢之後，我們恢復了過去的交情，還相偕去了京橋那家小酒吧間。最後，喝得爛醉的兩條狗還去敲了志津子在高圓寺的公寓，窩在那裡睡了一夜才回家。

我永遠不會忘記那天晚上。一個悶熱的夏夜。太陽快要下山的時候，堀木穿著一件皺兮兮的浴衣，來到了我在築地的公寓，說是今天有急用典當了夏衣，但這事若被他的老母親知道了可就不妙，要我馬上借錢給他贖回來。不巧我手頭也沒錢，於是照舊吩咐佳子拿她的衣服去當鋪。換了錢回來借給堀木之後還剩了一些，我又讓佳子去買了燒酒。我和堀木上到公寓樓頂，在夾著隅田川泥味的徐風中，開了一桌不怎麼乾淨的納涼宴。

我們開始玩起了猜謎，猜猜某個名詞屬於喜劇或是悲劇。這是我發明的一種遊戲。既然所有的名詞皆有陰性、陽性和中性的類別之分，自然也該有喜劇及悲劇之別。譬如，輪船和火車同樣屬於悲劇名詞，而市營電車和巴士則屬於喜劇名詞。若是無法參透如此區分的奧祕，可就不配談論藝術了。一位劇作家，即便只是在喜劇中誤用了一個悲劇名詞，也就顯示他不夠資格了。這種判斷標準同樣適用於悲劇劇本。

「可以開始了吧？香菸是什麼名詞？」我問道。

「悲名（即悲劇名詞的縮稱）。」堀木即刻答道。

「藥呢？」

「藥粉？還是藥丸？」

「針劑。」

「悲名。」

「是嗎？難道連荷爾蒙針劑也算悲名？」

「當然，絕對是悲名。單是這個『針』字，不就是貨真價實的悲名了嗎？」

「好吧，這題就算我輸吧。但我告訴你，藥和醫師可都屬於喜名（即喜劇名詞的縮稱）喔！好了，死哩？」

「喜名。牧師跟和尚也是。」

「說得好！那麼，生命應該算悲名吧。」

「不對，生命也是喜名。」

「按你這麼說，不就什麼都變成喜名了嗎？再問你一個，漫畫家呢？你總不會連這個都說是喜名了吧？」

「悲名、悲名，超級悲劇名詞！」

「哦，原來你是個大悲名呀！」

一場遊戲，一旦演變成這種低俗的戲謔，也就失去原先的趣味了。但是我們對這個遊戲頗為得意，認為放眼全世界的沙龍，絕對沒有人想得出這般格調高雅的消遣。

當時，我還發明了另一種反義詞的猜謎，和前面那種遊戲類似。舉例來說，黑色的反義（即反義詞的縮稱）是白色，但是白色的反義是紅色，至於紅色的反義則是黑色。

「花的反義呢？」

我問道。堀木撇著嘴想了想，答道：

「呃，有一家餐館叫作『花月』，所以答案應該是『月』吧。」

「不，那不是花的反義而是同義（即同義詞的縮稱）。就拿星星和紫羅蘭來說，這兩個字詞不也是同義嗎？所以月絕對不是花的反義。」

「好吧。那麼，是蜜蜂[18]吧。」

「蜜蜂？」

「就是那個呀……牡丹配……難道是螞蟻嗎？」

「什麼嘛，你說的那是紙牌圖案呀。別想隨口胡謅！」

「我知道了！花有烏雲……」

「是月有烏雲吧。」

⑱日本的花牌遊戲中，有一張紙牌是牡丹與蝴蝶的圖案，此處描述堀木原以為這張牌面的圖案是牡丹和蜜蜂，但不確定，之後還猜是牡丹和螞蟻。

「對對對，是花有風[19]，答案是風！花的反義是風！」

「太差了。那不是浪花小調[20]裡的歌詞嗎？你玩什麼把戲我可是一清二楚。」

「要不，就是琵琶了。」

「這就更對不上了。花的反義呢……，應該要講世界上最不像花的東西嘛。」

「所以我才說是……慢著，我懂啦，是女人吧？」

「順便問一個詞，女人的同義是什麼？」

「內臟。」

「你對詩歌還真是一無所知。我再問你，內臟的反義呢？」

「牛奶。」

「這倒是有點意思。乘勝追擊再來一記。恥，honte[21]的反義是什麼？」

「無恥。也就是流行漫畫家上司幾太。」

「那堀木正雄呢？」

這場遊戲進行到這裡，兩人愈來愈笑不出來了。燒酒的酒勁發作時，那種宛如腦袋瓜裡嵌滿了玻璃碎片的一股獨特的陰沉氛圍，漸漸披籠了過來。

「你講話客氣點！我才沒像你那樣丟臉，被人家綁著拉去牢裡關！」

這句話令我大為震驚。原來堀木骨子裡瞧不起我，只當我是個沒死成的、不知廉恥的愚蠢怪物，形同「行屍走肉」。他盡可能地利用我，只是自己找些樂子而已。一想到和他的「友誼」不過如此，使我覺得非常不愉快，但回頭想想，堀木那樣看待我也算事出有因。畢竟我從小就幾乎沒有做人的資格，也難怪堀木鄙夷我。這樣一想，我便盡量保持心平靜氣地問道：

「罪。罪的反義詞是什麼？這一道很難喔。」

「是法律。」

堀木面無表情地回答。我不由得再次打量堀木的面孔。附近大樓上閃爍的霓虹燈映在堀木臉上，看起來八面威風，像個凶狠的刑警。我極為驚訝地問道：

「怎麼可能！罪的反義詞怎麼會是那種東西呢？」

⑲日本有句俗諺是「月有烏雲花有風」，形容好事多磨。堀木拿這句俗諺隨意湊對。
⑳以三弦琴伴奏的民間說唱曲藝。
㉑法文，恥辱、羞恥之意。

他居然說罪的反義詞是法律！不過，或許世上的人都是這樣天真地過活，把一切事情都想得很簡單，以為罪惡只在沒有警察的地方蠢蠢欲動。

「不然呢，是神嗎？你這人說話常像個洋和尚似的，讓人聽著不舒服。」

「別那麼輕易就下結論嘛，讓我們再一起想想看吧。這個問題不是很有意思嗎？我覺得單從這個問題的答案，就可以瞭解答題人的一切喔。」

「怎麼可能。……罪的反義是善。善良的人民，也就是像我這樣的人。」

「別開玩笑了。不過，善是惡的反義，而不是罪的反義。」

「惡與罪，不一樣嗎？」

「我認為不一樣。善惡的概念是由人類創造出來的，是人類擅自創造出來的道德語彙。」

「麻煩死了。那，我還是選神吧。神、神、神，不管問什麼，統統回答神，準錯不了！我肚子好餓喔。」

「佳子正在樓下煮蠶豆。」

「太好啦，我最喜歡吃蠶豆了！」

他兩隻手抱著後腦杓，慵懶地往後一躺。

「你對罪這個主題，好像一點興趣都沒有。」

「那還用說，我又不是你那種罪人。我就算玩女人，也不會讓女人送命，或是捲走女人的錢啊。」

我心裡的某個角落發出了微弱但堅定的抗議聲：我沒讓女人送命，也沒捲走女人的錢！無奈的是，我的老毛病又告訴自己，一切都是我的錯。

我永遠無法當面為自己辯護。我拚命壓抑著喝下燒酒後陰沉的醉意導致愈發惡劣的心情，幾乎像是自言自語地喃喃說道：

「可是，至少被關進牢裡這件事不是罪。我覺得只要弄懂了罪的反義，就能夠掌握住罪的本質。……神，……救贖，……愛，……光明，……但是，神有撒旦這個反義，而救贖的反義是苦惱，愛的反義是恨，光明有黑暗這個反義，善的反義是惡，罪與禱告、罪與懺悔、罪與告白、罪與……，唉，這些全都是同義詞呀。罪的反義詞到底是什麼呢？」

「罪的反義詞當然是蜜[22]嘍。如蜂蜜一般甜美。我肚子好餓喔，快去拿點吃的來呀。」

「你自己去拿不就得了！」

我生平第一次發出這樣的怒吼。

「好，我這就下樓和小佳一起犯罪嘍。與其在這裡大談空話，不如去做實地調查哩。罪的反義是蜜豆，喔不對，是蠶豆吧？」

他差不多已經醉得語無倫次了。

「悉聽尊便。快滾吧！」

「罪與飢餓，飢餓與蠶豆，不對，這是同義詞吧？」

他滿口胡言亂語，站起身來。

罪與罰。杜斯妥也夫斯基。倏然間，這幾個字詞掠過腦海一隅，我不禁心頭一怔。假如這位杜斯妥也夫斯基不是把罪與罰當成同義詞，而是視為反義詞擺在一起呢？罪與罰，毫無相似之處、水火不容的兩種概念。把罪與罰認為是反義的杜斯妥也夫斯基，其筆下的水綿、發臭的池子、糾結如亂麻的內心……，哎，我開始明白他的用意了，不對，還沒有……。這一個個念頭如跑馬燈一般，在我的腦海裡不停地打轉。

「喂！天底下竟有這種蠶豆！快來！」

就在這個時候，方才起身步履踉蹌下樓去的堀木，突然跑了回來。只見他臉色驟變，聲音也不大對勁。

「怎麼了？」

一股異樣的危險氣息迎面撲來。我和他從樓頂下到二樓，再從二樓往下直奔我的屋子。堀木突然在階梯中間煞住了腳步，伸手一指，壓低聲音說道：

「你看！」

我那間屋子上方開了扇氣窗，從那裡可以看到屋裡的狀況。電燈亮著，有兩隻動物在裡面。

我感到眼前發黑，呼吸急促，心裡直安慰自己：這只是人類的一種樣態、這只是人類的一種樣態，無須大驚小怪……。我甚至沒想到該去救出佳子，就這麼站在

㉒「罪」的日語發音是「tsumi」，「蜜」的日語發音是「mitsu」，恰為顛倒。

階梯上一動不動。

堀木用力咳了一聲。我一個人逃也似的衝回了樓頂，往後一躺，仰望著濕氣濃重的夏日夜空。這一刻，襲向我的情感不是憤怒，也不是厭惡，更不是悲哀，而是一股淒厲的恐懼。不是那種看到墳場鬼魂的恐懼，或許比較像是在神社的杉林中撞見一身素衣的神體㉓時，那種來自遠古時代的狂暴而不由分說的恐懼。那一夜過後，我的頭髮開始有了少年白。我終究對一切失去了信心，終究再也無法相信人類，從此與人世生活中所有的期待、喜悅與共鳴，永遠訣別了。這件事在我的一生中，起了決定性的作用。這感覺像是眉心被砍傷了，此後但凡有誰靠近，那道傷口總會隱隱抽痛。

「我很同情你，不過這一來，你總該認清現實了吧。我再也不會上這裡來了，這地方簡直是地獄。……不過，你就諒解小佳吧，橫豎你自己也不是個好東西。告辭啦。」

堀木自然不會笨到繼續待在這種尷尬的地方。

我坐起身來，獨自喝著燒酒，然後哇的一聲放聲大哭，哭得聲嘶力竭，肝腸寸斷。

不知道什麼時候，佳子捧著一盤堆得尖高的蠶豆，神情恍惚地站在了我的背後。

「如果我說，我什麼事都沒做……」

「好了，別再說了。妳從來都是相信別人的。坐下，吃蠶豆吧。」

我們並肩坐著吃起了蠶豆。唉，難道信任也是一種罪嗎？對方年約三十，自稱做買賣營生，身材矮小，是個大草包。他曾請我給他畫過漫畫，趾高氣揚地扔下微薄的酬金就走了。

那個商人再也沒有露過面。不曉得什麼緣故，我雖然恨那個商人，但更恨的是堀木。因為當他第一眼目睹那副景況時，他竟然什麼都沒做，連大咳一聲都沒有，只顧著回到樓頂給我通風報信。我對堀木的痛恨和憤怒使我夜不成眠，輾轉呻吟。

沒什麼諒解不諒解的。佳子擁有信任別人的天賦，從不懂得懷疑別人。然而，這卻帶來了悲劇。

㉓神道中有神靈附體的供奉物體。

我要問眾神：信任是一種罪嗎？

佳子對人的信任受到了玷汙，比佳子的身體遭到了玷汙，更令我在日後漫長的歲月裡苦惱不已，幾乎活不下去。像我這樣一個分外膽小、成天看人眼色、信賴別人的能力早已支離破碎的人，佳子那天真無邪的信任，恰似青葉瀑布一般清涼沁心。誰想到卻在一夜之間，驟然變成了黃濁的髒水。看吧，那一晚過後，連我的一顰一笑，都會讓佳子十分在意。

「喂。」

我不過喚她一聲，就足以讓她打個冷顫，眼睛不知道該看哪裡好。任憑我使出渾身解數耍寶，逗她發笑，她依然畏畏縮縮、不知所措，甚至和我說話時還用了敬語。

難道天真無邪的信任，是一種原罪嗎？

我找來許多描述妻子受人玷汙的小說逐一讀閱，沒有任何一篇比得上佳子悽慘的遭遇。她的境況根本無法寫成故事。假使那個矮小的商人和佳子之間，哪怕存有一絲一毫的情愫，或許我就不會像現在這樣難受了。然而，佳子不過是在夏天的那一晚，相信了那個傢伙，我們的世界就結束了。從此，我的眉心留下被正面砍傷的疤痕，我的聲音乾澀嘶啞，我的頭髮摻了少年白，而佳子也被迫終身惶惶難安。絕大多數的故事都把重點擺在丈夫是否諒解妻子的那種「行為」，這對我來說並不是那麼嚴重的困擾。一個丈夫還能夠擁有諒解與否的權利，應該感到慶幸。如果覺得對妻子無法諒解，也不必大吵大鬧，只消馬上和她離婚，另娶一房，問題就解決了；萬一辦不到，那就只好「諒解」對方，忍耐度日。無論採用哪一種方法，端看丈夫的想法，事情總會有個好收場。在我認為，那種事件固然對丈夫是個嚴重的打擊，但那僅僅是一次「打擊」，不至於像一波又一波拍向岸邊的浪濤那樣糾纏不去。那些有權作主的丈夫大可懷著滿腔怒火，按照自己的想法處理這樁麻煩；但是，我面臨的情況不一樣，身為丈夫卻無權做任何處置。仔細想想，所有的錯似乎都在我身上，別說是生氣，連牢騷都不能發。至於我的妻子，正是由於她擁有那世上罕見的美德，因而遭到了玷汙，更不用說這種天真無邪的信任美德，是我這個丈夫嚮往多年，無比愛憐的。

天真無邪的信任，是一種罪嗎？

我對這唯一值得相信的美德，也開始感到疑惑了。一切都變得莫名其妙。放眼前方，只剩下酒精了。我的表情變得猥瑣，一早就喝起了燒酒，齒牙也動搖脫落，老畫一些淫穢的漫畫。好，我從實招來，從那時候起，我開始畫起春宮仿畫偷偷販賣，因為我很需要錢去買燒酒。當我見到佳子總是別開視線，一臉的驚惶不安，不由得暗忖這女人完全沒有戒心，說不定和那個商人不只發生過一次吧？還有，她和堀木呢？不對，難保還和我不認識的人也發生過？疑惑一個又一個，可我也沒有勇氣當面詢問，就這麼任由不安和恐懼在腦海中痛苦地循環，只敢在喝下燒酒湧上醉意以後，怯懦地嘗試對她低聲下氣地套話。我像個笨蛋般時喜時憂，裝瘋扮傻，對佳子施以地獄般可恨的愛撫以後，逕自睡得像一頭死豬。

那年年底的一天，我喝到深夜才醉醺醺地回到家裡，想喝一杯糖水，佳子像是已經睡下，我便自己去廚房找出糖罐。打開蓋子一看，裡面沒有半粒砂糖，卻有一只黑色的長形小紙盒。我隨手拿起一看，盒面貼著一張標籤，上面的字樣令我十分錯愕。那張標籤雖被人以指甲摳下了大半，但還留下幾個清清楚楚的洋文字母——DIAL。

巴比妥酸鹽㉔。那段時期我全靠燒酒澆愁，沒有服用安眠藥，不過我向來睡不好，對大部分的安眠藥因而相當熟悉。要是吃下這一整盒巴比妥酸鹽，應該就超過致死劑量了。紙盒包裝還是完整的，但是從她把標籤摳掉，還藏在這種地方判斷，可以想見她準備有一天要輕生。可憐的孩子，這女孩不懂標籤上的洋文，以為用指甲摳去一半就不會被發現了（妳是無辜的）。

我輕手輕腳地把杯子倒滿水，然後緩緩地拆開盒子，一口氣把藥全部扔進嘴巴裡，平靜地喝完那杯水，關掉電燈去睡了。

整整三個晝夜，我形同一具屍體。醫師認為是不小心誤食，所以沒有馬上報警。聽說我醒來後第一句囁嚅的話是「回家」。我口中的「家」，究竟指的是哪一處，連我自己也不大明白。無論如何，他們說我確實講了這兩個字，並且哭得很傷心。

我眼前的雲霧逐漸散去。往旁邊一看，映入眼簾的是比目魚一臉不耐煩地坐在我的枕邊。

「上回的事也是發生在年底呢。這時節大家都忙得暈頭轉向，他偏喜歡挑在過

㉔全名應為雙烯丙巴比妥（Dial-barbital），安眠鎮靜劑。

年前捅妻子，我有幾條老命都不夠用啊。」

在一旁聽比目魚抱怨的是京橋那家酒吧的老闆娘。

「老闆娘。」

我喚了一聲。

「嗯，叫我嗎？你醒嘍？」

滿面笑容的老闆娘貼著我的臉問道。

我的眼淚一顆顆直往下掉。

「讓我和佳子分手吧。」

連我都沒料到自己竟會脫口說出這樣的話。

老闆娘抬起臉，輕輕地嘆了一聲。

接下來我又說錯話了，而且錯得相當離譜，簡直不知道該形容是滑稽抑或愚蠢才好。

「我要去一個沒有女人的地方。」

比目魚先哈哈哈地放聲大笑，接著老闆娘也噗嗤笑了出來，最後連流著眼淚的我也紅著臉苦笑了。

「唔，這主意倒是挺好。」比目魚依然笑得肆無忌憚，「頂好是去個沒女人的地方。只要有女人在，就要出事的。去個沒女人的地方，這主意真是好極哩。」

沒有女人的地方。我這句犯傻的囈語，後來竟然化為悲慘的現實。

佳子似乎認定我替她服了毒，面對我的時候比從前更加無所適從，不管我說什麼她都笑不出來，也不太開口講話，我待在家裡不免感到喘不過氣，終於忍不住出門又去找便宜酒喝了。但是，自從服用了巴比妥酸鹽以後，我的外貌變得形銷骨立，手腳也疲軟無力，提不起勁畫漫畫。那時，比目魚留下了一筆慰問金（比目魚把錢交給我的時候，說這是他澀田的一點心意，宛如是他自掏腰包的，可事實上這又是老家的兄長們寄來的錢。這時候的我今非昔比，不再是那個逃離比目魚家時的無知青年，能夠隱約看穿比目魚那種虛情假意的把戲了，但我也滑頭地佯裝不知情，鄭重地向比目魚道了謝。不過，對於比目魚這幫人為何總喜歡演這樣的戲碼，我依舊似懂非懂，參不透箇中玄妙）。我打定主意，拿那筆錢一個人去南伊豆的溫泉鄉散心。不過，我似乎沒辦法悠然自得地賞覽溫泉鄉的好山好水，一想到佳子，不禁感到無比的惆悵，與一般人從旅館房間遠眺窗外山色的祥寧心境更是相距甚遠。我連旅館提供的鋪棉寬袖袍也沒換上，溫泉浴也沒去洗，才投宿便又跑到街上鑽進一家略髒的茶館，把燒酒當成開水一般牛飲，直到身體狀況變得更加糟糕，這才回到了東京。

那一夜，東京大雪紛飛。我喝醉了，走在離開銀座鬧區的街上，踢著路面的積雪，不停低聲哼唱著「這裡離故鄉有幾百里、這裡離故鄉有幾百里」，突然間，我吐了。這是我第一次嘔出血來。雪地上應聲染出了一面好大的太陽旗。我蹲了好一會兒，然後伸出雙手從旁邊捧起一把沒弄髒的白雪抹臉，哭了起來。

這是哪裡的小路呀？

這是哪裡的小路呀？[25]

遠遠地，有個女童哀淒的歌聲，若有似無地飄入我的耳中。不幸。這世上有著各種不幸的人，不，甚至說盡是不幸的人也不為過。他們的不幸可以正大光明地向世間發出抗議，而「世人」也很容易理解與同情他們的抗議。可是，我的不幸全都來自於自己的罪惡，向誰抗議都於事無補，就算我吞吞吐吐地說出一句帶有抗議口吻的話，只怕包括比目魚在內的所有人，肯定都不敢相信我竟會如此恬不知恥。連我自己都不懂，我到底是像俗話說的「固執己見」呢？還是與之相反的太懦弱呢？總之，我無異於一團罪孽的聚合物，只會變得愈來愈不幸，根本找不出任何具體的防範辦法。

我站起身，心想得去找些藥來治療症狀，於是走進了附近的一家藥房。當我與那位藥房太太四目相對的剎那，她像是被閃光燈嚇了一跳似的，瞪大眼睛，頭往前探，木然站在原地。但那雙瞪大的眼睛裡既沒有驚愕，也沒有厭惡，而是充盈著求救、又像是仰慕的神色。啊，她必定也是一個不幸的人，因為不幸的人總能敏銳地覺察到別人的不幸。正當我這樣想的時候，我發現那位藥房太太拄著一支丁字拐杖，站得十分不穩。我強抑著向她飛奔而去的衝動，與她相視交望，不知不覺間，我的眼淚奪眶而出了，緊接著，淚水同樣從那位藥房太太瞪大的雙眼裡滾落了下來。

我不發一語，就這樣走出了那家藥房，東倒西歪地回到公寓，讓佳子泡了杯鹽水給我喝，什麼都沒說便睡下了。第二天，我託稱受了點風寒，整整睡了一天，直到夜幕低垂，我對昨晚沒有任何人發現的那次嘔血感到相當不安，於是起身去到那

㉕出自一首日本傳統兒歌《通過吧》的歌詞。日本在設有交通號誌的路口，於綠燈顯示行人可通行時，常會同步播放這首兒歌的樂曲，告知行人在音樂播放期間可以安全穿越馬路。

家藥房。這一回的造訪，我笑著向藥房太太坦白了自己這些日子以來的身體狀況，請教她的意見。

「您必須戒酒。」

我們兩人宛如血肉至親。

「我恐怕已經酒精中毒了，現在也想喝酒。」

「那可不行。我丈夫得了肺結核，卻說什麼酒可以殺菌，成天泡在酒缸裡，結果反而短命活不長。」

「我擔心得不得了，怕得要命，都快撐不下去了。」

「我幫您配些藥。可是這酒，您非戒不行。」

藥房太太（她是寡婦，生了個男孩，考上了千葉縣還是什麼地方的醫科大學，沒多久就染上了和父親同樣的病，現在休學去住院了。家裡還躺著一位中風的公公，而藥房太太自己在五歲時患了小兒麻痺症，有一條腿已經不中用了）拄著丁字拐杖，為了我翻箱倒櫃地找出了各種藥品來。

這是造血劑。

這是維生素注射液，針筒在這裡。

這是鈣片。這是澱粉酵素，可以健胃助消化。

這是……，那是……，就這樣，她滿懷關愛地為我說明了五六種藥品。但是，這位不幸的藥房太太的愛意，對我來說是實在承擔不起。藥房太太最後對我說，「這是萬一你實在非常想喝酒的時候，就用這個藥」，說完，她很快地拿紙包好，收到一個小盒子裡。

原來那是嗎啡注射液。

藥房太太告訴我，嗎啡對身體的危害比酒來得要小，我相信了她的說法，況且彼時我開始對自己的貪杯覺得噁心，格外慶幸自己總算可以擺脫酒精這個撒旦的糾纏了，因此毫不猶豫地往自己手臂扎針注入了嗎啡液。不安、焦躁、靦腆，所有的缺點立時一掃而空，我甚至變成了一個活力充沛的雄辯家。只要注射了嗎啡液，我就會忘記自己虛弱的身軀，拚命畫漫畫，還會構思出妙不可言的情節，連我自己都忍不住畫得大笑。

我原本想一天打一針，可是等到一天打兩針，再變成一天打四針的時候，我已經非它不可，沒有它根本無法工作了。

「那怎麼好呢。一旦上癮，可就糟糕了。」

經過藥房太太的提醒，我才發現自己恐怕已經變成一個相當嚴重的成癮者（我對於別人的暗示向來沒有招架之力。如果有人告訴我，這筆錢千萬不能動用，然後又對我說，不過這錢全交由你作主，如此一來，我會有種錯覺，假如不把這筆錢花掉，好像會辜負對方的期待似的，於是趕緊將錢用掉），但愈是唯恐自己上癮，對藥品的依賴度反而愈發增加。

「求求妳，再給我一盒！月底我一定會付錢。」

「錢什麼時候給都沒關係，怕的是警察那邊查得嚴哪。」

哎，我的身邊總是籠罩著某種渾濁、陰暗、不見天日的詭異氛圍。

「藥房太太，求求妳了，請妳想辦法應付警察那邊。我吻妳一下吧。」

兩朵紅雲飛上了藥房太太的面頰。

我見機不可失，趕緊央求道：

「沒有藥，我工作就做不成了。那對我就像是強精劑一樣。」

「既然如此，不如乾脆注射荷爾蒙吧。」

「別開玩笑了。不是酒，就是那種藥，沒了這兩種，我根本沒辦法工作。」

「喝酒萬萬不可。」

「我說得對吧？我啊，自從用了那種藥以後，連一滴酒都沒沾過喔。託妳的福，現在身體狀況好得很。我也不打算一直畫那種三流漫畫，從今以後，我要把酒戒掉，養好身體，努力精進，成為一個偉大的畫家！目前正是緊要關頭。求求妳，好不好？要不我吻妳一下吧。」

藥房太太笑了出來，「該怎麼辦呢……，萬一您真上癮了，可不關我的事唷。」她拄著拐杖，咚咚作響地走去從藥櫃裡取出那種藥，「不能給您一整盒，一下子就會用光的。給一半吧。」

「真小氣。算了，就這樣吧。」

一回到家，我立刻打了一針。

「不疼嗎？」

佳子怯懦懦地問我。

「當然疼呀。不過，為了提升工作效率，再怎麼疼也得打針。這陣子我精神很好吧？來吧，工作工作，現在就上工！」

我出奇地興奮。

我還曾經在三更半夜拍打過藥房的大門。藥房太太穿著睡衣，拄著拐杖一步步走來為我開門。一見到她，我緊抱住她便是一陣狂吻，接著痛哭流涕。

藥房太太沒說半句話，給了我一盒。

這種藥和燒酒一樣，不，甚至是更不祥、更汙穢的東西——當我深切地體認到這一點的時候，已經是一個徹底的成癮患者了。為了得到那種藥，我又開始重操舊業，繪製春宮仿畫，甚至與那位身有殘疾的藥房太太發生了不可告人的關係。可以說，簡直無恥到了極點。

我想死，乾脆一死百了，反正事情已經到了無可挽回的地步，這時候不管再做任何補救，全都無濟於事，只是更加丟人現眼罷了。騎自行車去賞覽青葉瀑布，已經成為奢望，現在剩下的唯有在齷齪的罪愆上再添恥辱的罪愆，煩惱不斷增加並且愈發強烈。我想死，我非死不可；活著，只是淪為罪愆的根源。儘管我滿腹痛苦的思緒，依然無法戒除往返於公寓與藥房之間。我瀕臨瘋狂的邊緣。

縱使我拚命工作，由於那種藥的用量大增，導致積欠的藥費暴增為天文數字。藥房太太一見到我就淚眼婆娑，而我也禁不住留下兩行清淚。

地獄。

我想出一個逃脫這個地獄的方法，假如這最後的手段也以失敗告終，只能上吊自殺了。我下定決心，不惜以此試探神明是否真的存在，寫了一封長信給故鄉的父親，誠實告知我現下的景況（不過，那些男女間的情事，我實在沒敢寫上去）。

結果比我預想的更糟。任我望穿秋水，始終音訊杳然。焦躁和不安，反而促使我增加了藥量。

一天，我已經抱定主意，今天晚上一口氣打十針，然後跳進大河求得解脫。怎料比目魚似乎憑著惡魔般的直覺，嗅到了什麼不對勁，當天下午就帶著堀木出現在我的面前。

「聽說你嘔血了。」

堀木對著我盤腿坐下，臉上帶著從未見過的溫柔微笑。那溫柔的微笑讓我那麼的感激、那麼的高興，我不由得別過臉去流下了眼淚。單是他那溫柔的微笑，我就被徹底擊垮、徹底埋葬了。

他們把我送上一輛汽車。比目魚以語重心長的口吻（那平靜的語氣，幾乎可以用大慈大悲來形容），勸我非去住院不可，其他的事都交給他們解決。我像個沒有意志力、沒有判斷力的人，只是哭得抽抽噎噎的，唯唯諾諾地遵從他們兩人的安排。佳子也上車了，我們一行四人搭著汽車一路顛簸，直到天色開始暗下來的時候，終於抵達了森林裡的一家大醫院的玄關。

我以為這裡是結核病療養院。

一位年輕醫師體貼而周詳地為我診察，然後露出有些靦腆的笑容告訴我：

「那麼，在這裡靜養一陣子吧。」

比目魚、堀木和佳子於是把我留在那裡了。臨走前，佳子親手交給我一只裝了換洗衣服的包袱，接著默默地從腰帶裡掏出針筒和還沒用完那種藥品給我。看來，她還是以為那是強精劑。

「不必，用不上了。」

這可是一樁希罕事。不誇張地說，在別人力邀的情況下斷然拒絕，這在我過去的生涯中是破天荒的頭一遭。我的不幸，源自於缺乏拒絕的能力。我總是害怕如果拒絕了別人的建議，就會在對方和自己的心裡留下一道永遠無法修復的清晰裂痕。然而，自己在那一刻，面對曾經近乎瘋狂地渴求的嗎啡，竟然不假思索地拒絕了。或許是佳子那種「宛如神仙般的不沾凡塵」震撼了我吧；又或許在那一瞬間，我成癮的病症已經得到了醫治。

然而，接下來，那位笑得有些靦腆的年輕醫師領著我走進某一棟病房，啷噹一聲，大門鎖上了。原來這裡是精神病院。

我要去一個沒有女人的地方。——我在服下了巴比妥酸鹽醒來以後那句犯傻的囈語，竟然神奇地化為現實了。這棟病房裡全都是男瘋子，看護人員也是男的，連一個女人也沒有。

現在，我不再是罪人，而是瘋子了。不，我絕對沒有發瘋，哪怕是剎那間也不曾發瘋。只是，哎，聽說瘋子通常都說自己沒瘋。換句話說，被關進這家醫院的全是瘋子，而沒被關進來的全是正常人。

我要問眾神：不反抗是一種罪嗎？

堀木那不可思議的美麗微笑讓我感激落淚，甚至沒有思考、沒有抵抗地就搭上汽車，被帶來這裡，淪為一個瘋子了。即便現在就離開這裡，我的額頭依然會被烙上「瘋子」，不，是「廢人」的印記。

我喪失了做人的資格。

我已經完全不算是一個人了。

來到這裡的時候還是初夏，從鐵格子窗向外望去，可以看見醫院庭園的小池塘裡綻著紅色的睡蓮，三個月過去，庭園裡的波斯菊開花了。沒有想到，故鄉的大兄這時帶著比目魚來接我出院了。大兄以一貫認真又緊張的語氣告訴我，父親在上個月的月底因胃潰瘍而過世了，兄長們不會追究我的過去，也不願意讓我擔心日子過不下去，我此後什麼都不用做，儘管放心過生活，但條件是必須離開那令我留戀的東京，回鄉下療養。至於我在東京的那些爛攤子，澀田應該都可以幫我收拾殘局，要我不必掛心。

我彷彿看到故鄉的山水在眼前鋪展開來。我微微地點了頭。

我真的變成廢人了。

自從得知父親病故以後，我變得愈發窩囊了。父親，已經不在了。那位我心中不曾片刻忘懷的可怕卻又思念的父親，已經不在了。盛裝我一切煩惱的那只罈子，彷彿一下子空了。我甚至曾經認為，自己那只盛裝煩惱的罈子之所以格外沉重，應該都是父親造成的。這場拔河，突然有一方鬆手了，我也跟著失去了煩惱的能力。

大兄確實遵守了對我的承諾。從我生長的城鎮搭火車南下四五個小時，便會抵達東北地區少見的一處溫暖海濱，那裡有個溫泉鄉，在村落的盡頭有五間相當陳舊的茅屋，牆面剝落，柱子也被蟲蛀了，幾乎無法修繕。大兄買下那些茅屋送給我，附帶為我雇了一個年近六十、髮色泛紅的醜陋女傭。

三年時間過去。我屢次遭到那個叫阿鐵的老女傭不堪的凌辱，有時我和她還像一對夫妻般吵架。我的肺病時好時壞，身形時胖時瘦，偶爾會咳血痰。昨天，我差遣阿鐵去村裡的藥鋪買點加爾莫精㉖，她買回來的藥盒和我平時服用的藥盒形狀不一

㉖ CALMOTIN，武田製藥公司生產的一種鎮靜催眠藥。

樣，但我沒有特別在意，睡前吞了十顆還是睡不著，正覺得有點奇怪時肚子開始不對勁，急忙跑去廁所，結果腹瀉得一塌糊塗，而且還接連跑了三趟廁所。我心想有異，這才仔細看了藥盒，原來是一種叫亥那莫精的瀉藥。

我仰躺在床上，腹部擱著熱水袋，琢磨著該怎麼數落阿鐵一頓。

「妳自己看看，這不是加爾莫精，而是亥那莫精呀！」

話才出口，我自己就嘻嘻笑了起來。「廢人」這個名詞，看來也是個喜劇名詞。想要好好睡一覺卻誤食了瀉藥，瀉藥的名字還叫什麼亥那莫精的。

對我來說，現在已經無所謂幸福或不幸了。

然而，一切終將過去。

一路走來，在這個始終令我活得痛苦不堪的所謂「人」的世界裡，我唯一覺得比較像真理的意念，就只有這一句。

然而，一切終將過去。

我今年滿二十七歲。由於頭上添了不少白髮，人們通常都當我四十好幾了。

我喪失了做人的資格。

我已經完全不算是一個人了。

人間、失格。
もはや、自分は、完全に、人間で無くなりました。

後記

我與寫下這批札記的狂人素未謀面，但與貌似札記裡京橋那家小酒吧間的老闆娘，倒是有過幾面之緣。她身材嬌小，看來氣色不佳，有著上挑的細眼和高挺的鼻梁，與其說是美人，倒是比較像個英俊的青年，給人一種剛硬的感覺。依我推測，這三篇札記描寫的應該是東京在昭和㉗五至七年那段時光的風貌。朋友曾帶我去京橋的小酒吧間喝過兩三次高球雞尾酒㉘，當時約莫是昭和十年前後，正值日本「軍部」的勢力愈發坐大的時期，因此我沒有機會見到那位寫下這些札記的男人。

今年二月，我去拜訪了一位疏散到千葉縣船橋市的朋友。他是我大學時代的學友，現在是一家女子大學的講師。其實，我早前央託這個朋友幫忙我的親戚作個媒，這次去就是為了這樁好事，也想順道為家裡人採購一些新鮮的海味，所以背起帆布

㉗昭和元年為一九二六年。
㉘Highball，兌入蘇打水的威士忌調酒。

包前往船橋市了。

瀕臨泥海的船橋市是一座相當大的城鎮。朋友剛搬去不久，我拿著門牌號數問了不少當地人，卻沒人知道那地址在哪裡。當時天冷，背著帆布包的肩膀開始發疼，這時，一家咖啡廳傳出提琴樂曲唱片的播放聲，吸引我推開了店門。

我覺得那位老闆娘有些面熟，問了以後發現她就是十年前京橋那家小酒吧間的老闆娘，老闆娘也馬上認出我來。我們都非常吃驚，一起笑了起來。不過，我們倒沒有像當時人們一見面就問起彼此躲避空襲的遭遇，而是帶著劫後餘生的自豪神色相互問候：

「您真是一點都沒變。」

「您客氣了，早就變成老太婆嘍，渾身腰瘦背疼的。倒是您，還是一樣年輕呢。」

「哪裡的話，小孩都三個了。今天就是為了那些小傢伙出來買東西的。」

我們和一般久別重逢的人們一樣熱絡地寒暄，交換著彼此都認識的朋友的消息。聊了一陣子，老闆娘突然改了語氣問我認不認識阿葉？我說不認識。老闆娘便進到裡屋翻找，然後把三本筆記和三張相片交給了我。

「說不定可以拿這個寫成小說。」

別人塞給我的素材，我通常沒辦法寫成小說，原本打算當場退還，但那些相片卻引起我的好奇（關於那三張不太自然的相片，我已寫在序言裡），於是決定暫且連同那些筆記一起收下。我告訴老闆娘，回去前還會來這裡打個招呼再走，順道請教她是否認識一位女子大學的老師，住在某町某號的某某先生。老闆娘果然認識同為新搬來的住戶，她說我朋友就住在附近，偶爾也會上門光顧。

那一晚，我和朋友小酌談心，就在他家住下了。我一夜沒睡，聚精會神地讀完那三篇札記。

札記上寫的雖然都是以前的事，但相信現在的人讀來也會覺得很有意思。我擅自改寫，說不定反而寫壞了，倒不如找一家雜誌社按原樣出版更有意義。

想給孩子買的新鮮海產，最後只買到乾貨。我背起帆布包與朋友告辭，順道又去了一趟咖啡廳。

「昨天謝謝您了。對了……」我開門見山地說明來意，「這些筆記，能不能借我一陣子？」

「可以呀，請帶回去吧。」

「這位先生還在世嗎？」

「這我就不知道了。大概是十年前，一只包裹寄到京橋的店裡，裡頭就是筆記和相片。寄件人分明是阿葉，可是包裹上別說是阿葉的住址了，就連姓名也沒寫上去。我躲空襲收拾細軟時沒留意，一塊帶了來，就這麼神奇地保住了這批東西，直到前些日子，我才全部讀完了……」

「您哭了嗎？」

「沒有。比起為他難過流淚，感覺更……該說是不濟事吧。一個人走到那種地步，已經不濟事嘍。」

「從寫完札記的時間推算，已經過了十年，說不定他已經不在人世了。這應該是寄給您表達謝意的吧。有些部分雖然寫得比較誇張，不過看起來，您也受了不少連累。上面寫的如果都是事實，而我也是他的朋友，我想，我可能也會送他去精神病院。」

「一切都怪他父親不好。」她平靜地說道，「我們認識的阿葉直率又伶俐，只要不喝酒，不，就算喝了酒……，他仍是個彷彿帶有神一般光輝的好孩子。」

——《人間失格》完

我希望父母的優先順序，能排在孩子面前。
因為父母其實更需要幫助。

子供より親が大事、と思いたい。
子供よりも、その親のほうが弱いのだ。

櫻桃

我要向山舉目。

——《詩篇》第一百二十一篇

我希望父母的優先順序，能排在孩子前面。我也想學一些堅守傳統的道學家，把孩子擺在第一位，問題是比起孩子，父母其實更需要幫助。至少在我家是這樣的。我從沒打過如意算盤，老了以後要兒女來伺候，可我這個作父親的，在家中的地位遠遠不及孩子們。家裡這幾個孩子都還小得很，長女七歲，長子四歲，么女才一歲；小歸小，一個個都快騎到爹娘頭上了，我們身為父母，居然和他們的僕傭沒兩樣。

夏天，一家大小全擠在三鋪席大的房裡吃晚飯，鬧哄哄的，一頓飯吃下來手忙腳亂。父親我拿著手巾不停地抹著臉汗。

「《柳多留》[29]裡有一首是這樣寫的：『用膳汗淋漓，難登大雅堂』，可孩子們吵成這樣，再高尚的父親也要汗流浹背哩……」我嘀咕道。

孩子的母親讓一歲的小女兒在懷裡喝奶，一面幫丈夫、大女兒和大兒子添飯布菜，不時還得清理小傢伙們撒出來的飯菜、擰一擰鼻涕，施展三頭六臂的本領。

「孩子他爸，瞧你老忙著往鼻頭抹。鼻子冒了不少汗吧？」

「那妳呢？汗都冒在大腿縫裡？」我苦笑問道。

「唷，孩子他爸說話還真文雅哪！」

「哎，我講的是醫學上的生理現象，無關文雅或低俗。」

「我呀……」妻子忽然正了正色，「雙乳中間……已經是淚流成溝了……」

淚流成溝。

[29] 全名為《誹風柳多留》，日本江戶時代中期到幕府末期每年出刊一次的川柳集。川柳是詼諧詩或嘲諷詩，由五、七、五共十七個日文假名組成。

我默不作聲，埋頭吃飯。

我在家喜歡說笑。其實是心裡頭「苦惱煩悶」的事情太多，所以表面上只得「強顏歡笑」。不僅在家裡如此，與人們往來時，即便心裡再難受、身體多不舒服，我也會拚命營造一種愉快的氛圍。就這樣，等到和客人道別以後，我早已疲憊不堪，腦子裡卻還有很多雜念轉個不停，比方錢沒著落啦、道德與悖德啦，以及尋死的念頭。不，不單與人交際時是這樣的，就連寫小說的時候也一樣。憂鬱的時候，我反而會更努力創作輕鬆愉快的故事，以為這就是對世上最好的貢獻了，怎料人們非但沒看出我的用心良苦，還批評說那個叫太宰的作家愈來愈膚淺了，只想靠通俗趣味來譁眾取寵。

為人服務，難道是壞事嗎？擺架子、不苟言笑，難道才算好事嗎？

也就是說，我無法忍受一板一眼、令人困窘的掃興事。連在自己家裡，我都抱著戰戰兢兢的心態不停地說笑，甚至出乎部分讀者與評論家的意料，房裡鋪的是新榻榻米，桌面井然有序，夫妻相敬如賓，非但從未發生過丈夫毆打妻子的事，就連

「你滾！」「滾就滾！」之類的激烈口角也不曾有過，而且父母同樣疼愛孩子，孩子們也都喜歡膩在父母身邊。

可是，這一切全都是表面。妻子一解開衣襟便是淚流成溝，丈夫睡覺時盜汗的情況也日漸嚴重。儘管夫妻倆明知對方的痛苦，卻刻意避而不談；丈夫努力說笑時，妻子也在一旁笑著聆聽。

然而，當丈夫聽到妻子說了「淚流成溝」這幾個字後，他沉默了。心裡雖想著該說個笑話化解尷尬，無奈一時半刻實在擠不出什麼有趣的話題，只得繼續保持沉默。氣氛愈來愈尷尬，連最擅長耍嘴皮的他，終於忍不住換上了嚴肅的面孔。

「去請個傭人。這事不能再拖了。」

丈夫怯怯地喃喃說道，深怕惹惱了妻子。

家裡有三個孩子。丈夫完全不會做家務，連鋪蓋都不曾動手收過，只會裝瘋賣傻說笑話，什麼配給啦、登記[30]啦，一概不懂，在家就像住旅舍似的，頂多客人來

㉚日本於二戰期間由於物資匱乏而實施登記配給制度，造冊發放。

了，陪著應酬應酬，甚至曾經拎著盒飯去工作室，就這麼整整一星期沒回家。丈夫成天嚷著工作忙，其實一天只寫得出兩三張稿紙，其餘的時間，全耗在喝酒上了，結果酒喝太多，把身子搞得形銷骨立，成天懶洋洋的。過分的不止這樣，說來，他還有紅粉知己滿天下呢。

至於孩子……，七歲的大女兒和一歲的小女兒雖然常染上傷風，還算健康；問題是四歲的大兒子，瘦成了皮包骨，到現在還在地上爬、不會站，只會咿咿呀呀，連個像樣的字句都說不出口，也聽不懂大人講的話，沒法教他自己去大小便。飯倒是吃得挺多，可也沒見長個子，又瘦又小，頭髮稀疏，根本長不大。

夫妻倆對大兒子的事都不願多談。萬一兩人不小心脫口迸出白痴、啞巴等等字眼，誰也無法承受。孩子的母親常把這個兒子緊緊摟在懷裡，而孩子的父親則不時猝然冒出抱著兒子跳河一起死的想法。

「啞兒遇害。╳日╳中午過後，住在╳區╳町╳號的某某商人（五十三歲）於自家六鋪席房，舉起斧頭砍向次男某某（十八歲），當場斃命，自己則拿剪刀刺喉，企圖自盡，目前已送進附近醫院，尚未脫離險境。其家中最近為次女某某（二十二歲）招贅入門，由於次男既啞又傻，唯恐造成次女夫妻失和，父親愛女心切，決定親手殺害次男。」

每每看到這一類新聞報導，我總要喝酒澆愁。

哎，假如我這大兒子只是發育遲了一些，那就好了！多希望他可以快快長大，反過來嘲笑父母的杞人憂天，那就好了！這件事，我們夫妻倆只擱在自己心裡，沒告訴任何親朋好友，表面上一派若無其事，開心地逗著大兒子，如常過日。

妻子對這個家盡心盡力，身為丈夫的我同樣非常努力。我本就不是個多產的小說家，加上性格謹小慎微，沒想到造化弄人，竟然小有知名度，即使惶恐無措，也只能硬著頭皮繼續搖筆桿了。真寫不下去，就借酒澆愁。所謂借酒澆愁，也就是遇上無法「我手寫我口」的時候，滿肚子的憋屈和焦躁無處可解，唯有一醉方休。那些任何時候都能清楚表達自己想法的人，哪裡需要借酒澆愁呢？（這就是為什麼女人家少有貪杯之徒）

我每回與人爭論，總是必輸無疑，從未占過上風。對方強大的自信和驚人的自我肯定，壓得我喘不過氣來。於是，我默然無言。等到事後慢慢回想，赫然發現我說的並非全然錯誤，只是對方站在自己的立場暢所欲言，可既然辯輸了還央求人家重啟戰場，未免沒骨氣。況且，在我看來，爭辯無異於打架，心頭的恨意久久難消，分明怒得發抖還要面露笑容不吭氣。想來想去，沒什麼好法子，到最後只能去喝悶酒了。

老實說，寫了這麼些囉哩囉唆、天南地北的雜事，其實這部小說的主題是夫妻吵架。

「淚流成溝」。

這四個字正是衝突的導火線。如前所述，別說動手打架，我們連惡言相向都不曾有過，夫妻相處十分平和。饒是如此，仍無法避免一觸即發的危機。這種危機，猶如雙方同樣暗中握有對彼此不利的證據，不時將手中的牌在對方眼前亮一張，蓋上，再亮一張，再蓋上，直到有一天，冷不防地向對方扔出一句「我梭哈了」，並把自己的牌統統掀開來。且不說妻子，至少我這個丈夫絕非完人。不得不說，這便是我們夫妻相敬如賓的理由。

「淚流成溝」。

聽到這句話，身為丈夫，心裡非常不舒坦，只是我不喜歡與人爭辯，於是選擇了沉默。妳說這句話，或許是想拿我出氣，可痛苦的絕不只有妳一個。孩子的事，我和妳一樣煩惱，也想保護摯愛的家人。即便孩子在夜裡咳一聲，也會令我陡然驚醒，十分憂心。我何嘗不想搬家，讓妳和孩子開心住在好一點的地方？我只是無能為力。我，已經盡力了。我並不是心狠手辣的怪物，怎會有「膽量」對妻子見死不救呢？像那些配給與登記的事，我不是不懂，而是沒有多餘的時間去了解。——丈夫在心裡為自己這般辯解，卻沒勇氣說出口。萬一妻子回嘴反駁，這個丈夫恐怕連氣都不敢吭一聲。

「去雇個人來吧……」到頭來，我也只敢自言自語似的，提出蒼白無力的主張。

妻子平時不多話，但只要開口，必定帶著斬釘截鐵的自信。（不單是她，我想絕大多數女人都是這樣的。）

「可是已經找好久了，沒人願意來呀！」

「再找一找，一定找得到人啦。我看，不是沒人願意來，是沒有人想待下來吧？」

「你的意思是，我不懂該怎麼帶傭人嗎？」

「我沒那個意思……」我又陷入緘默了。其實，我心裡的確這麼想，但仍是選擇了沉默。

哎，隨便找個人來吧。孩子的母親每回背著小女兒出門辦事，我就得照顧其他兩個孩子才行，何況每天總會有十來位賓客登門造訪。

「我想去工作室了。」

「現在嗎？」

「對，今天晚上有份稿子非趕出來不可。」

這話確實不假，但不否認我也想藉這個理由逃離這個令人窒息的地方。

「可是我晚上想去看一看妹妹……」

我知道妻子想出門的理由——她妹妹的病情不太樂觀。問題是，一旦妻子去探病，孩子就得由我帶了。

「所以我才說得雇個人呀……」

話沒說完，我便作罷。妻子娘家的話題完全碰不得，哪怕說上一句，我們兩人又要鬧彆扭了。

人生在世，真不容易。來自四面八方的鐵鍊，把渾身上下捆得嚴嚴實實的，哪怕稍動一下，也會血流如注。

我安靜地起身，從六鋪席房那張桌子的抽屜裡取出裝有稿費的信封，塞進和服的袖兜裡，再拿黑布巾將稿紙和辭典紮成包袱，然後彷彿遊魂一般，翩然飄出了門外。

此時的我已經無心工作了，滿腦子只想死，於是直接去了酒鋪。

「歡迎光臨！」

「陪我喝一杯吧！今天這件條紋的和服也很漂亮呢……」

「還不錯吧？我就猜你喜歡這種條紋的……」

「今天和我家那口子拌了嘴，到現在還沒消氣呢！我今晚就住下啦！說什麼也不回去！」

我希望父母的優先順序，能排在孩子前面。因為父母其實更需要幫助。

一盤櫻桃送了上來。

家裡沒讓孩子們吃過好東西，只怕他們連櫻桃長什麼樣都不曉得。若能吃上櫻桃，一定會很高興吧？我要是帶回去給他們嚐嚐，該有多開心呢？如果拿條線綁住櫻桃梗，掛在脖子上，看上去還以為是珊瑚項鍊哩！

然而，這時候，孩子們的父親卻像在吃根本沒法入口的噁心東西，往大盤子裡撈出一顆櫻桃扔進嘴裡，吐出櫻桃核，再扔一顆到嘴裡，又吐出櫻桃核來……，並在心裡咕噥一句，好為自己壯膽：父母的優先順序，得排在孩子前面才行。

——〈櫻桃〉完

日本無賴派掌門人
太宰治年表

這是我對人類最後的求愛。儘管我極度害怕人類，卻無法對人類死心。

出生

一九〇九年六月十九日，出生於青森縣北津輕郡金木村大字朝日山四百十四番地（今五所川原市），父親為地方知名仕紳源右衛門，是家中的第十子與六男，取名為津島修治。

3歲

一九一二年，父親源右衛門當選眾議院議員，當地的人都稱源右衛門為「金木的大老爺」，此時也是津島家最強盛的時期。

7歲

一九一六年，四月，進入金木第一尋常小學就讀。

13歲

一九二二年，從金木第一尋常小學畢業，學業成績皆為甲等，只有操行得到乙等。

14歲

一九二三年，三月，父親過世。進入縣立青森中學（今青森高中）就讀，英文作文成績相當優秀。

16歲

一九二五年，三月，在校友會會刊上發表〈最後的太閤〉，為其首次發表的作品。八月，與同學共同發行同人誌《星座》。十一月，與一起鑽研文學的友人共同發行同人誌《蜃氣樓》。

18歲

一九二七年，報考第一高等學校（今東京大學教養學院）失利，遂進入弘前高等學校（今弘前大學）文科甲類（英語學系）就讀。五月，在青森市聽了芥川龍之介的演講，題目為「夏目漱石」。七月，收到芥川龍之介服安眠藥自殺的消息，受到相當大的衝擊。

19歲

一九二八年，創辦同人雜誌《細胞文藝》，並獲得井伏鱒二與船橋勝一等人的原稿。以筆名辻島眾二發表小說〈無間奈落〉。

21歲

一九三〇年，在完全不懂法文的情況下，進入東京帝國大學法文系就讀，師從景仰已久的作家井伏鱒二。與在銀座擔任服務生的女子田部志免子，在鎌倉七里濱小動崎跳海殉情，因女子身亡而以幫助自殺罪被起訴，在兄長文治的奔走協助下獲得緩刑處分。

22 歲

一九三一年，與小山初代於品川區的五反田共同生活。

23 歲

一九三二年，於青森警察署自首曾參與左派運動，並接受調查，後來再次前往青森檢察署自首，從此脫離左派運動。

24 歲

一九三三年，在《東奧日報》副刊《Sunday 東奧》中首次以「太宰治」為筆名發表了文章〈列車〉，得到乙種創作獎入圍，獲得五圓獎金。

25 歲

一九三四年，發表〈猿面冠者〉。與許多同好共同創辦同人誌《青花》，創刊號出刊後即告廢刊。

26 歲

一九三五年，在《文藝》雜誌上發表〈逆行〉，並成為第一屆芥川獎後補作品。因未能進入「都新聞社」而企圖在鐮倉山中自殺未遂。同年師事於佐藤春夫。

27 歲

一九三六年，第一本短篇創作集《晚年》發行。在井伏鱒二勸說下，進入武藏野醫院治療之前生病時得到的慢性麻藥鎮痛劑中毒。

28 歲

一九三七年，得知小山初代與他人私通，後兩人殉情，未遂，隨後兩人分手。

29 歲

一九三八年，在井伏鱒二作媒下，與石原美知子訂婚。在《文筆》雜誌發表短篇作品〈滿願〉。

30 歲

一九三九年，與石原美知子結婚，生活漸趨穩定，進入穩定創作期。在《若草》雜誌發表〈葉櫻與魔笛〉。短篇集《女生徒》發行。在《文學者》雜誌發表短篇〈畜犬談〉。九月，與妻子移居三鷹。

31 歲

一九四〇年，四月，短篇集《皮膚與心》發行，其中收錄了〈葉櫻與魔笛〉、〈八十八夜〉、〈畜犬談〉、〈皮膚與心〉等作品。六月，短篇集《女人的決鬥》發行，其中收錄了〈女人的決鬥〉、〈越級申訴〉、〈跑吧！梅洛斯〉、〈春天的盜賊〉、〈古典風〉等作品。

32 歲

一九四一年，長女園子誕生。太田靜子與友人初次拜訪太宰治。收到徵召令，但因肺浸潤宿疾免役。

33 歲

一九四二年，母親過世，享壽六十九歲，獨自回老家奔喪。

34 歲

一九四三年，短篇小說〈黃村先生言行錄〉於《文學界》雜誌發表。短篇小說集《富嶽百景》發行。

35 歲

一九四四年，長男正樹出生。完成作品《津輕》，小山初代於中國青島病逝。

36 歲

一九四五年，因東京空襲越趨激烈，與妻子過著逃難生活，先回到妻子的老家甲府，後又回到青森縣津輕的老家。同年，完成《御伽草紙》。

37 歲

一九四六年，兄長文治在戰後首次眾議院議員選舉中勝出。積極接受邀約，出席各種座談會。與妻子回到三鷹的舊居，開始構思《斜陽》的架構。

38 歲

一九四七年，完成《維榮之妻》、《斜陽》。次女里子（津島佑子）出生。

39 歲

一九四八年，發表《人間失格》。六月十三日，與情婦山崎富榮於玉川上水（位於今日的東京三鷹市）投水自盡。六月十九日，兩人的遺體於玉川上水下游被人發現。

野人文化
讀者回函卡

書　名 ______________________________

姓　名 ____________ □女 □男　年齡 ______

地　址 ______________________________

____

電　話 ____________ 手機 ____________

Email ______________________________

□同意 □不同意　收到野人文化新書電子報

學　歷 □國中(含以下) □高中職 □大專 □研究所以上

職　業 □生產/製造 □金融/商業 □傳播/廣告 □軍警/公務員
□教育/文化 □旅遊/運輸 □醫療/保健 □仲介/服務
□學生 □自由/家管 □其他

◆你從何處知道此書？
□書店：名稱 __________ □網路：名稱 __________
□量販店：名稱 __________ □其他 __________

◆你以何種方式購買本書？
□誠品書店 □誠品網路書店 □金石堂書店 □金石堂網路書店
□博客來網路書店 □其他 __________

◆你的閱讀習慣：
□親子教養 □文學 □翻譯小說 □日文小說 □華文小說 □藝術設計
□人文社科 □自然科學 □商業理財 □宗教哲學 □心理勵志
□休閒生活（旅遊、瘦身、美容、園藝等） □手工藝／DIY □飲食／食譜
□健康養生 □兩性 □圖文書／漫畫 □其他 ______

◆你對本書的評價：（請填代號，1. 非常滿意　2. 滿意　3. 尚可　4. 待改進）
書名 ____ 封面設計 ____ 版面編排 ____ 印刷 ____ 內容 ____
整體評價 ____

◆你對本書的建議：

____

____

____

____

野人文化部落格 http://yeren.pixnet.net/blog
野人文化粉絲專頁 http://www.facebook.com/yerenpublish

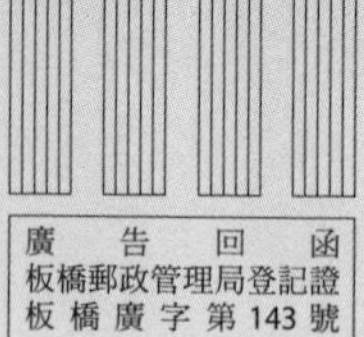

郵資已付 免貼郵票

野人

23141
新北市新店區民權路108-2號9樓
野人文化股份有限公司 收

請沿線撕下對折寄回

野人

書號：0NGW7102